인피니티 스톤의 비밀 02

인피니티 스톤의 비밀 02

1판 1쇄 발행 2019년 4월 1일

지 은 이 브랜든 T. 스나이더
옮 긴 이 김지윤
감   수 김종윤(김닛코)
펴 낸 이 하진석
펴 낸 곳 ART NOUVEAU
주   소 서울시 마포구 독막로 3길 51
전   화 02-518-3919
I S B N 979-11-87824-23-7 04840

마블 MCU 소설 시리즈 05

THE COSMIC QUEST

인피니티 스톤의 비밀 02

차 례

프롤로그

  지구상의 수백만의 사람들이 흔적도 없이 사라졌다. 그들의 육신은 재가 되어 바람에 흩어졌다. 어떤 경고도, 준비도, 설명도 없었다. 어느 누구도 답을 해주는 이가 없었다. 인류가 새로운 일상에 적응하려고 고군분투하는 동안 열정적인 과학자인 에릭 셸빅은 이 사건 뒤에 다른 더 큰 무언가가 있을 거라 믿었다. 그래서 천천히 퍼즐 조각을 맞추어 그 무언가를 파악하기 시작했다.

  한때 컬버대학교 천체물리학과 학장이었던 셸빅은 지난 몇십 년 동안 학계에서 존경받는 인물이었다. 하지만 토르 오딘슨이 지구에 나타난 그날, 일생을 바쳤던 그의 연구는 송두리째 뒤집혀버렸다. 이 환상적인 만남은 셸빅에게 우주의 본질에 대한 자신의 지식을 다시 생각하게 하는 계기가 되었다. 이 만남으로 셸빅은 지구가 우주라는 거대한 태피스트리의 극히 일부에 지나지 않는다는 사실을 깨닫게 되었다. 그 결과 셸빅의 사고의 폭은 더 넓어졌고 아이디어는 과감해졌으며 그 어느 때보다도 훌륭한 연구 성과를 내게 되었다. 하지만 안타깝게도 이런 상황은 오래 가지 못했다. 토르의 동생인 로키가 사악한 목적을 이루기 위해 초능력을 지닌 자신의 창으로 셀빅의 영혼을 조종하고 그의 지적 능력을 악용했기 때문이다. 이전의 순수했던 삶은 사라졌고 셀빅은 큰 충격을 받은 채 혼란에 빠지고 말았다. 이로 인해 셀빅의 삶은 엉망이 되었다. 극복하는 과정 또한 힘들었으며 오랜 시간을 필요로 했다. 다행스럽게도 더디긴 했지만 분명 셀빅은 예전의 정신력을 회복하고 있었다. 그런데 갑자기 지구의 절반이 사라지고 말았다. 셀빅은 답을 찾을 수 없는 세상에서 미치지 않으려 애를 써야만 했다.

Chapter

1

"박사님, 안에 계세요? …제발 문 좀 열어주실래요?"

달시 루이스는 15분 동안 시패러 모텔 212호 방문을 두드리고 있었다. 하지만 실망스럽게도 셀빅은 대답이 없었다. 달시도 물론 그가 안에 있다고 100퍼센트 확신은 못했다. 하지만 셀빅은 한밤중에 전화를 걸어 아직 확정되지도 않은 모험에 합류해 달라면서 자신이 묵고 있는 모텔로 와달라고 했다. 평소였다면 그를 진정시킨 뒤, 다음 날 아침에 이야기하자고 했을 것이다. 다음 날이면 셀빅은 급히 처리해야 할 다른 과학 관련 문제들에 관심을 가질 테니까. 하지만 이번에는 달랐다. 셀빅의 목소리가 평소와는 달랐다. 그는 떨리는 목소리로 알아들을 수 없는 단어들을 중얼거렸다. 마치 한계에 다다른 것 같았다. 그래서 달시는 충실한 동료답게 곧바로 차에 올라 이곳까지 운전했다. 사실 이런 헌신은 그녀의 공식 직무 설명서에 없는 것들이었지만, 그 설명서는 처음 일을 시작했을 때와는 상당히 달라진 지 오래였다. 뉴멕시코로 오는 길은 길고도 지루했다. 라디오까지 고장 난 상태였는데도 달시는 동료를 구하겠다는 일념만으로 길을 나섰다. 최악의 상황을 두려워하면서도 최고의 상황이 자신을 기다리고 있기를 희망했다. 그녀는 밤새 이 생각만 하면서 길을 달려 마침내 뉴멕시코에 도착했던 것이다. 그래서 어떤 상황인지 파악하지 않고는 절대 이곳을 떠날 수 없었다.

"*이봐요, 문 좀 열어요. 진짜 죽겠다니까요!*"

대답이 없었다.

"일 분 줄게요. 그때까지 문을 안 열면 내가 무슨 짓을 할지 나도 몰라요. 분명 *뭐든* 하긴 할 거예요. 장담컨대 박사님이 좋아하지 않을 일일 거예요."

달시는 소매로 이마의 땀을 훔치며 다른 방법을 시도했다.

"만일 내가 젤리를 갖고 있다면 어떻게 할래요, *네? 그럼* 문 열어줄래요?" 그녀는 장난스러운 목소리로 말했다. "게다가 유기농이에요."

달시는 천체물리학자가 될 생각이 전혀 없었다. 과학자가 되고 싶은 마음조차 없었다. 그녀는 과학자가 아니었다. 기껏해야 에릭 셀빅의 조수였다. 조수라고 할 수도 없다면? 생각하고 싶지 않았다. 사실 일은 엉망이 되어가고 있었다. 몇 년 전, 그녀는 여름 인턴십에 지원하려 했다. 그런데 어느 순간 셀빅과 제인 포스터 박사와 함께 일하게 되었고 커피를 맛있게 타는 방법은 물론 다른 차원에서 온 존재들을 피해 달아나는 방법까지 배워야만 했다. 그녀는 갑자기 정치학 수업이 재미없게 느껴졌다. 물론 처음에는 업무를 제대로 몰랐다. 하지만 과학에 대해 아는 것이 없음에도 달시는 영리하고 재빠르게 일을 처리했다. 셀빅에게 중요한 것은 그게 전부였다. 그녀는 이 일을 하면서 전 세계를 돌아다녔고 동시에 가족과 친구들에게서 멀어져야 했다. 생일 파티? 달시는 일을 해야 했다. 휴가? 달시는 일을 해야 했다. 비록 티를 내지는 않았지만 점점 더 일에 흥미를 잃어가고 있었다. 셀빅의 괴짜 같은 행동 역시 그녀를 힘들게 했다. 최선을 다해 도왔지만 셀빅은 점점 더 다루기 힘들어졌다. 달시는 이제 떠나야 할 때인가 고민하고 있었다.

"어, 뭐가 됐든 간에 난 포기할래요." 달시가 돌아서서 걷기 시작했을 때 방 안에서 바스락거리는 소리가 들렸다. 그녀는 재빨리 뒤돌아가서 소리를 확인했다. "이봐요, 박사님. 진지하게 하는 말이에요. *정말 똑똑히 들으세요, 알겠죠?* 신과 오딘, 저 위에 있는 누구한테든 맹세하는데, 박사님이 이 문을 열었을 때 옷을 입고 있는 *게 좋을 거예요. 진심이에요. 그냥 하는 말이 아니에요.* 분명히 말했어요. 혼자 있을 때는 얼마든지 속옷 차림으로 돌아다녀도 좋지만 *내가* 여기 있는 이상 *절대* 나체로 있으면 안 돼요. 바지 입고 문 열어요! 밖은 엄청 덥단 말이에요."

달시는 문에 귀를 바짝 대고 안에서 들리는 소리를 들으려고 애썼다. 셀빅을 도발하려 했지만 아무런 대답도 듣지 못했다. "내가 페퍼 포츠라면 이럴 필요가 없을 텐데."

달시는 모텔 마당이 내려다보이는 녹슨 금속 난간 쪽으로 걸어갔다. 마당에는 온갖 이상한 사람들이 다 모여 있었다. 풀장 근처의 한 여자는 발톱을 잘라 물속으로 던졌고, 여자의 남편은 옆에서 싸구려 태닝 오일을 바르고 있었다. 주변을 돌아다니는 털이 지저분한 강아지는 무언가에 부딪히고 화를 내며 짖고 있는 것으로 보아 앞이 보이지 않는 것 같았다. 쌍둥이 형제는 주차장 가장자리의 진흙탕에서 흙을 뒤집어쓴 채 까꿍 놀이를 했고, 부모는 아이들을 씻기려고 안간힘을 쓰고 있었다. 모텔의 사장인 켄은 마당 한가운데에서 한 팔로 팔굽혀펴기를 하며 누가 자신을 지켜보고 있는지 보려고 직원들 사이를 둘러보고 있다. 그때 달시의 눈에 바깥 복도를 어슬렁거리며 다가오는 한 소년의 모습이 들어왔다. 열두 살 정도로 보였는데 회색 폴로셔츠와 청바지를 입고, 머리카락을 여러 가닥으로 가득 땋아 검은색 콘로즈 스타일의 머리를 하고 있었다. 달시는 소년이 미소를 짓고 있는 것을 보았다. 하지만 이유를 알 수 없었다. "뭐 필요한 거 있니?" 그녀가 물었다.

"셀빅 박사님은 아마 주무시고 계실 거예요." 소년이 말했다. "박사님은 밤새 깨어 있고 낮에는 내내 주무시거든요. 그게 일상이에요. 박사님은 자신이 예측 불가능한 사람이라고 생각하지만 사실 완전히 예측 가능하죠. 전 박사님 패턴을 알고 있어요."

"알려줘서 고맙구나."

"초자연적인 힘을 믿으세요? 초자연적인 힘을 믿으려고 하지 않는 건 멍청이들뿐이죠." 소년은 달시를 아래위로 훑어보았다. "누나가 멍청이란 건 아니고요."

달시는 어이가 없었다. 미소를 유지한 채 소년이 알아서 자리를 뜨길 바랐지만 그렇게 운이 좋지 않았다.

"지구상에는 설명할 수 없는 현상들이 정말 많아요. 우리가 이해하지 못하는 것들, 앞으로도 결코 이해할 수 없는 것들이요. 하지만 분명 모든 것에는 과학적인 설명이 있어야 해요. 그게 바로 우주가 작동하는 원리니까요." 소년은 말을 이었다. "누나도 동의할 거예요, 그렇죠?"

"얘, 넌 *대체* 누구니?"

"죄송해요, 전 펠릭스라고 해요." 소년은 악수를 하려고 손을 내밀었다. "누나가 달시 루이스죠? 셀빅 박사님의 조수요, 맞죠?"

달시는 펠릭스의 손을 잡았다. "난 박사님의 동료야, 조수가 아니라. 그리고 여기는 미성년자 출입 금지야. 너 같은 아이들이 들어올 수 있는 곳이 아니란 뜻이지." 그녀는 손가락으로 원을 그리며 말했다.

"박사님이 그 이론 설명해줬어요? 셀빅 박사님은 그 사건 뒤에 숨겨진 진실을 알고 있어요. 적어도 박사님은 그렇게 생각하고 있어요. 전 잘 모르지만요. 얘기해주신 게 아니라서요. 그냥 밤에 혼잣말하는 걸 들었어요. 하지만 무슨 뜻인지를 모르겠어요."

"넌 착한 아이 같구나. 그런데 나는 여기서 해결해야 할 일이 있어."

"저희 부모님은 이민자예요. 에티오피아에서 왔죠." 펠릭스는 어색한 듯이 말했다. "부모님은 이십 년 전에 이민을 와서 팔 년 쯤 후에 저를 낳았죠. 부모님도 셀빅 박사님처럼 과학자였어요. 사실 생물학자죠."

"멋지구나!" 달시는 이렇게 말했지만 인내심은 바닥나고 있었다. 그녀는 펠릭스가 자신의 의도를 눈치채고 자리를 뜨길 바라면서 다른 쪽을 바라보았다.

"부모님은 음, 돌아가셨어요." 펠릭스가 조용히 말했다. "그러니까, 그때 그 사건 때문에요. 이젠 저 혼자죠." 그는 눈길을 옆으로 돌리고 발을 비비면서 말했다. "전에 다니던 학교 상담사는 제가 너무 비범해서 다른 사람들과 소통하는 게 힘들다고 했어요. 너무 똑똑하다고요. 전 사람들과 친하게 지내지 못해요. 제 머리가 너무 빨리 돌아서 한 시간에 몇 백만 킬로미터씩 앞질러 나가버리거든요. 그래서 제가 셀빅 박사님과 잘 지내는 것 같아요."

"맞아, 박사님도 두뇌 회전으로 한 시간에 몇 백만 킬로미터씩 앞질러 나가버리시지. 부모님 얘기는 정말 안됐구나. 힘들었을 텐데, 씩씩하네."

"네." 펠릭스는 모텔의 안뜰을 바라보았다. 눈에는 눈물이 맺혀 있었지만 흘러내리기 전에 닦았다. "갑자기 이런 이야기를 해서 황당했다면 미안해요. 어쩔 수가 없었어요. 부모님이 너무 보고 싶거든요. 다른 사람들에게 부모님이 누구였는지 어디에서 왔는지에 대해 더 얘기할수록 그분들의 영혼이 더 생생하게 살아 숨 쉬는 것처럼 느껴져요. 무슨 뜻인지 알죠? 게다가 열역학 제1법칙, 그러니까 에너지 보존의 법칙에 따르면 에너지는 생성되거나 파괴되지 않는다고 하잖아요. 그저 다른 곳으로 옮겨가거나 다른 형태로 바뀔 뿐이에요. 결국 제 부모님이나 그날 사라졌던 모든 사람들은 어딘가에 있다는 뜻이죠. 그저 모습만 달라졌을 뿐."

"멋진 견해인걸." 달시가 따뜻한 미소를 지으며 말했다.

펠릭스는 달시에게 더 가까이 붙어 섰다. "무시무시한 얘기 들어볼래요? 시패러 모텔에서 사라진 사람의 친척 몇몇이 그들의 가족이 돌아왔는지 보려고 *매일매일* 나타나요. 그리고 매니저는 그것 때문에 매일 경찰을 부르죠. 그 정도로 얼간이라니까요." 펠릭스가 눈을 똑바로 뜨고 달시를 바라보았다. "누나는 내가 생각했던 것보다 훨씬 평범하게 생겼네요."

달시는 뾰로통한 표정을 지었다.

"기분 나빠 하진 말아요. 누나 나이의 대부분은 전반적으로 평범하죠. 적어도 제 경험으론 그래요."

"네 경험?" 달시는 콧방귀를 뀌었다.

쾅!

그때 공포에 질린 에릭 셀빅이 자신의 모텔 방문을 열어젖혔다. "달시!" 그가 소리쳤다. "여기서 뭘 하고 있는 거야?" 그는 목을 길게 빼고 달시가 미행당하지 않았는지를 확인하면서 복도 이쪽 저쪽을 돌아다녔다. 셸빅의 반백 머리는 완전히 헝클어졌고 입가에서 목까지 침이 흐른 자국이 나 있었다. 또 이불을 마치 고치 모양의 토가처럼 두르고 있었다.

"저 좀 보시죠?" 눈을 크게 뜬 달시가 빈정거리면서 말했다. "박사님이 어젯밤에 전화했잖아요. 새벽 세 시에. 내가 이해하지 못한 무언가를 시작할 거라고 말하곤 전화를 끊었어요. 다시 전화하니까 계속 음성 메시지로 넘어갔고요. 그래서 여기까지 운전해서 온 거라고요. 난 의리 있는 동료니까요, 걱정도 됐고요."

셸빅은 눈을 껌뻑거리며 그녀를 바라보았다.

"아무것도 기억이 안 나요?"

셸빅은 말이 없었다.

"저기 박사님." 펠릭스가 손을 흔들었다. "어떻게 된 거예요?"

"펠릭스." 셸빅이 친절하게 고개를 끄덕였다. "내 동료와 잠시 아주 중요한 비즈니스에 대해서 의논을 해야겠구나. 이제 저쪽으로 가서 놀려무나."

안마당에서는 켄이 운동을 끝내고 나무랄 상대를 찾고 있었다. "펠릭스!" 그가 소리쳤다. "여기 와서 화장실 청소해! 이곳에 머물고 싶으면 일을 해야지. 두 번 말 안 한다."

펠릭스는 쏜살같이 달려갔다. "만나서 반가웠어요. 다음에 얘기해요, 셸빅 박사님!" 그는 이렇게 소리치며 임무를 완수하러 계단을 뛰어 내려갔다.

"무슨 일이죠?" 달시가 물었다.

"켄은 폭군이야." 셀빅이 투덜댔다. "항상 나만 주시하고 있어. 내 허락 없이 방을 청소하다 들킨 적도 있어. 방세는 또 어떻고? 완전히 날강도 수준이야."

"펠릭스 말이에요."

"오, 나한테 빛이 되어주는 아주 똑똑한 아이지. 그 아이에게는 멘토십이 필요해. 지금은 내가 멘토가 되어줄 상황이 못 되지만."

"분명 그런 것 같네요." 달시의 옷은 땀으로 흠뻑 젖어 있었다. "안으로 들어오라고 할 거예요, 말 거예요? 더워 죽겠다고요."

"아, 그래, 그래. 들어와." 셀빅이 그녀를 방으로 안내하며 말했다. 그리고 가장자리에 치즈 가루가 묻은 손자국으로 뒤범벅된, 한때 흰색이었던 XXL 셔츠를 건넸다.

달시는 어두침침한 방 안으로 들어가다가 쌓여 있는 빨래 더미에 발이 살짝 걸려 비틀거렸다. 눈이 어둠에 적응하자 그것이 더러운 빨래 더미라는 것을 알 수 있었다. "이런 세상에…" 그녀는 신음소리를 내며 불을 켰다. 셀빅의 방은 총체적 난국이었다. 쓰레기가 넘쳐나고 먹다 남은 음식들이 곳곳에 나뒹굴고 있었다. 냄새도 고약했다. 마치 마요네즈로 범벅된 부리토를 낡은 신발에 넣어 고온에서 일주일 동안 구운 후, 땀에 넣고 끓인 것만 같았다. 방 한구석에는 시큼한 냄새가 나는 수건들이 산더미처럼 쌓여 있었는데 마치 목욕 가운을 입은 눈사람이 녹아내린 것 같은 모습이었다. 달시는 초코바 껍질들이 침실에서 화장실로 이어진 모습을 보고 현기증이 날 지경이었다. 뜯어진 벽지는 셸빅이 그린 큐브와 태양, 바퀴, 나무 그리고 다른 유치한 형상들 그림으로 덮여 있었다. 초승달 모양의 기계 그림에는 X 표가 그어져 있었다. 접착 메모지는 방을 둘러싸고 있었는데 각 메모지에는 공식과 이론이 빼곡히 적혀 있었다. 달시는 이 광경을 보고 어안이 벙벙했다. 어디서부터 이야기를 시작해야 할지 알 수가 없었다. "명상은 해봤어요?" 달시가 물었다. "꼭 하셔야 해요."

셸빅은 달시의 주머니에 젤리가 있는 것을 보고 낚아챘다. "내 방이 지저분하기는 하지만, 사실 난 꽤 좋은 곳에 있는 거야. 거대한 퍼즐 조각들이 동시에 오고 있거든." 그는 젤리 봉지를 찢어서 젤리 한 주먹을 쥐고 입에 털어 넣었다. "있잖아, 여기가 우리를 위해 모든 것이 시작될 곳이야. 아인슈타인-로젠 다리가 처음으로 목격됐다고 기록에 남은 곳이 바로 여기, 푸엔테 안티구오라니까. 그래서 내가 여기로 되돌아온 거야. 이 장소는 중요한 곳이지. 의미가 있거든. 우리가 언제 처음 만났는지 기억해? 아주 뜻깊은 날이었잖아, 안 그래?"

"설마… 포옹이라도 해주길 바라는 거예요?" 달시가 머뭇거리며 물었다. "안아주고 싶지만 박사님 옷이 너무 더럽고 개집 냄새가 나서요. 방 좀 치우고 같이 신선한 공기를 마시고 뭐 좀 먹는 게 어때요? 네?"

셸빅은 침대 밑으로 손을 뻗어 쭈글쭈글한 치즈 과자 봉지를 꺼내어 입에 털어 넣었다. "*이거 엄청 맛있는데.*" 그는 과자를 오도독 씹으며 말했다. "같이 먹을까?"

달시는 장난할 기분이 아니었다. "박사님, 대체 날 왜 여기로 부른 거예요?"

셸빅은 치즈 과자를 내려놓고 2리터짜리 탄산음료 병을 집어 들고 꿀꺽꿀꺽 마시기 시작했다. 그리고 길게 트림을 한 후에 수줍게 미소를 지었다. "우리는 우주의 수수께끼를 풀 거야." 갑자기 그의 말투가 바뀌었다. 정신이 맑아지고 자제력을 되찾은 것이었다. "그 대학살 사건 이후에 내 정신 건강에 문제가 생겼어. 머리에 구름이 끼고 온갖 종류의 생각들이 쏟아져 나오는 것 같았어. 제정신을 차리기가 정말 힘들었지. 하지만 이제는 나아지고 있다는 것이 느껴져." 셸빅은 빠른 걸음으로 방을 통과해 무언가를 찾기 시작하는 듯했지만 찾지 못했다.

"세상 너머에 무엇이 있는지 전혀 알지 못하던 시절이 있었지. 현대 과학이 진보한 후에 저 하늘 위를 좀 더 깊게 들여다보았어. 그리고 무엇을 봤을까?" 그는 극적인 효과를 위해 잠시 말을 멈추었다. "오, *우리가 본 것은,*" 셸빅은 눈을 더 크게 떴다. "저 우주도 우리를 응시하고 있다는 거였어. 지구가 우주의 중심이 된 거지. 첫 번째 아인슈타인-로젠 다리가 바로 이곳 뉴멕시코에서 발견된 이후부터 예기치 못했던 인류의 대학살에 이르기까지, 지구라는 행성은 온갖 기괴한 현상을 끌어당겼던 거야. 달시, 우리는 *신과 괴물* 모두를 경험했어. 이런 걸 상상이라도 해봤어?"

"어릴 때 언젠가는 어깨가 넓은 금발 미남을 *만날 거라*는 상상을 했어요. 다이어리 첫 장에 적어서 다녔죠."

셀빅은 아랑곳하지 않고 말을 이었다. "천문학자들은 최근에 놀랄 만한 유령 입자를 발견했어. 이 초미세 중성입자는 저 깊은 우주에서 우리 행성으로 온 것들이야. 하지만 우리는 결코 느끼지 못하지. 그 입자들은 우리 몸을 통과하지만 주변 환경과는 거의 아무런 영향을 주고받지 않아. 모르겠어? 어쩌면 지구에게 스며든 혼란스러운 에너지 때문에 이 유령 입자들이 깨어난 것일지도 몰라. 지난 몇 년 동안 벌어졌던 초현실적인 사건들의 피할 수 없는 부산물인 거지. 테서랙트, 에테르, 로키의 창. 강력한 힘을 가진 이 아이템들이 지구에 우주의 독성을 남겼고, 우리의 대기에 소용돌이를 가져온 거야."

"우주적 사건들의 여파라는 거예요?"

"정확해!" 셀빅이 소리쳤다. "인류는 우주적 사건의 파도가 휩쓸고 간 뒤의 잔물결 속에서 *헤엄치고* 있는 거야."

"아, 맞아요. 여기도 분명 무언가가 휩쓸고 지나간 게 틀림없어요."

셀빅이 날선 어조로 말했다. "왜 이 방 상태에 대해서 걱정을 하는 거야? 우주가 이렇게 비명을 지르고 있는데! 걱정도 안 된

단 말이야?"

달시는 셀빅의 책상으로 성큼성큼 걸어갔다. 책상에는 그림을 그리고 공식을 써놓은 메모지와 빵 부스러기로 가득했다. 그녀는 종이 더미에서 원하는 것을 찾아서 꺼내들었다. "그럼 여기에 대해서는 걱정 안 해요?" 달시는 셀빅의 사진을 손에 들고 있었다.

"우리 셋." 셀빅은 사진을 침대에 놓고 가까이서 바라보았다. 달시는 조심스럽게 그 사진을 들어 소매로 먼지를 닦은 다음 근처 거울 귀퉁이에 세워놓았다. "우린 제인을 찾아야 해."

"전에도 얘기했잖아요. 제인의 핸드폰은 꺼져 있고 이메일도 되돌아온다고요. 어쩌면 휴가가 길어지는 걸지도 모르죠."

"아니, 아니, 아니. 난 동의하지 않아. 제인과 나는 같은 어려움을 겪었어. 우리의 몸은 다른 세상의 힘을 수용했었다고. 우리는 어떻게든 우주의 비밀을 알고 있는 게 분명해. 하지만 우리도―" 그는 딱 맞는 표현을 찾으려고 애를 썼다. "정확히는 몰라. 아직은. 곧 알게 되겠지. 제인은 우리가 미스터리의 내막을 찾을 수 있도록 도와줄 거야. 무엇이 이 끔찍한 비극을 초래했는지 알아내고 모든 사람을 다시 데려올 거야. *그들을 되돌아오게 만들 거라고.*"

"박사님, 현실을 받아들여야 해요. 제인은 더 이상 이 세상에 없을지도 몰라요."

"쉬잇!" 셀빅이 큰 소리로 말했다. 그는 쓰레기 지뢰밭 사이를 왔다 갔다 했다. 그리고 다시 침대 밑에 손을 뻗어 감자칩 봉지를 꺼내어 손을 넣었지만 안에는 아무것도 없었다. "이제 과자가 다 떨어졌군!"

달시는 셀빅을 거울 앞에 세웠다. "이 꼴 좀 보세요. 때에도 때가 묻을 지경이에요. 머리도 엉망이고요. 샤워하고 면도하고 적어도 일주일은 잠을 자야 해요."

셀빅은 거울에 비친 자신의 모습을 보자 감정을 주체 못하는 듯했다. "난 무서워, 달시." 셀빅의 입술이 떨리고 있었다. "인류의 절반이 눈 깜빡할 사이에 사라지고 말았어. 지구는 상상하지 못할 정도의 상실로 고통받고 있어. 분명 저 어딘가에 그 해답이 있는 것 같은데, 그걸 못 찾을까 봐 무서워. 이런 건 두려울 정도로 새로운 영역이지. 그런데 난 준비가 되질 않았어. 그게 부끄러워."

달시는 셀빅의 어깨에 손을 올렸다. "잠시 시간을 갖자고요. 머리도 쉬어야 해요. 기분이 나아지면 다시 시작해요. 괜찮죠?"

"지금은 행동할 시간이에요!" 방 밖에서 고함 소리가 들렸다.

달시가 현관으로 달려가 문을 열자 펠릭스가 새것처럼 보이는 캐주얼한 상의를 입고 나비 넥타이를 맨 채 즐거운 듯 웃으며 서 있었다. "두 분 대화를 다 들었어요. 음, 밖에서 들리더라고요."

"그냥 가렴. 지금 네 차림이 무척 귀엽긴 하지만 지금은 때가

아니야." 달시는 문을 닫으려 했지만 펠릭스는 막무가내로 밀고 들어왔다. "지금 뭐하는 거니, 꼬마야?"

"누나가 해야 할 일이요." 펠릭스는 곧바로 셸빅에게 향했다. "박사님, 이 누나 말 듣지 마세요. *지금이 그때예요*. 모든 걸 바로잡을 수 있어요. *박사님만이 하실 수 있어요*." 펠릭스가 간곡히 말했다. "박사님은 오랫동안 연구해왔잖아요. 박사님은, 마치, 80살처럼 보이는데, 맞죠?"

"난 이제 딱 65세란다, 고맙구나!"

"*정말요? 겨우 65살이라고요?!* 어쨌거나요. 제 말은 누구도 박사님보다 많은 것을 보고 경험한 사람은 없단 말이에요. 세상은 해답을 원하고 있고 *저 누나는* 그걸 찾을 생각이 없어요." 펠릭스는 이렇게 말하며 달시를 가리켰다.

"지구상에 이 임무를 수행할 사람은 단 한 사람뿐이에요. 바로 에릭 셸빅 박사님이요. 박사님은 GOAT(Greatest Of All Time의 약어, 역사상 가장 위대한 사람-옮긴이)라고요."

"임무란 없어, *이 무례한 꼬마야*. 그리고 박사님은 *GOAT*가 무슨 뜻인지도 몰라." 달시는 펠릭스를 잡아서 방 밖으로 끌어내려고 했다. 펠릭스는 웃음을 터뜨리며 달시를 피하려고 팔을 휘저었다.

"하하하하! 누군가 기분이 상했나 보네요. 어쩌면 누나가 내 과학적 지식을 질투하기 때문일 수도 있죠…. 누나는 꿈도 못 꿀

테니까요."

"제발 좀! 꼬마야, 난 너랑 실랑이할 생각이 없거든. 박사님한 테 필요한 건 휴식이야." 달시가 강한 어조로 말했다. "플로리다 에 고모할머니의 별장이 있어요. 모든 게 다 갖춰져 있는 곳이 죠. 낮에는 풀장에서 놀고 밤에는 카드 게임을 하면서 쉬어요. 65세면 아직 중년이에요. 박사님도 여자 친구를 사귈 수 있어요!"

셀빅은 방을 이리저리 돌아다녔다. "펠릭스 말이 맞아. *지금은 움직여야 할 때야.*" 그는 가장 소중히 여기는 것들을 모아서 배 낭에 쑤셔 넣었다.

"오예!" 펠릭스가 소리쳤다. "이제 바지를 입으세요. 다들 징그 러워한다고요."

셀빅은 재빨리 바지를 입었다.

"테서랙트, 에테르, 대학살… 이 모든 것은 이어져 있어. 어떤 식으로든 말이야. 제인 포스터 박사가 그 연결고리를 찾는 걸 도 와줄 거야. 제인은 더 큰 그림을 볼 수 있어. 우리는 제인부터 찾 아야 해." 셀빅은 비장한 말투로 말했다. 결정을 내린 것이다. 그 는 입고 있던 티셔츠를 벗고 빳빳한 녹색 옥스퍼드 대학 셔츠로 갈아입었다. "좀 낫군."

"포스터 박사님은 언제나 제 영웅이었어요." 펠릭스가 말했다. "그날 이후로 계속 *스탠해왔죠.*"

셀빅이 눈을 게슴츠레하게 뜨며 물었다. "그게 무슨 뜻이니?

스탠한다니?"

"존경한다는 뜻이에요. 아주 많이요."

셀빅이 미소를 지었다. "그럼 나도 제인을 스탠한단다!"

그는 방을 맹렬하게 정리하기 시작했다. "좀 괴짜 같기는 해도, 뭐랄까, 내가 지난 세월 동안 아이디어와 이론을 공유했던 과학자 친구들이 있어. 비록 지금은 연락이 끊긴 사람도 있지만 우리 모험을 도울 수 있을 거야."

"무슨 모험이요?" 달시가 큰 소리로 물었다. "난 모험을 떠날 차림이 아니에요."

"역시 내 생각대로군. 평범해." 펠릭스가 중얼거렸다.

"대학살 사건을 이해하려면 내 옛 동료들을 만나서 정보를 얻고 취합해야 해. 미리 연락하지 말고 갑자기 들이닥쳐서 그 친구들을 깜짝 놀라게 해주자고! 그들이 제인을 찾는 걸 도와줄 수도 있을 거야. 일단 우리가 이론을 정립하고 나면 모든 것을 비교해보고 지식에 근거해서 추론해봐야 해."

"그러고는요?"

"그 이론을 실행에 옮겨야지." 셀빅이 환호하며 말했다.

"우와, 이건 대서사시가 되겠는데요." 펠릭스가 나비넥타이를 바로잡으며 말했다. "혹시나 싶어서 옷을 예쁘게 입고 오길 잘했네요." 달시가 손을 내저으며 소리쳤다. "잠깐만! 난 아직 동의 안 했다고. 나 없이는 그 모험을 못 하잖아, 안 그래? 차 있는 사람은 나뿐이니까."

셸빅이 짐을 챙기던 일을 멈추었다. "자넨 항상 지구 끝까지 나를 따라왔었잖아, 달시. 그 헌신에 대해서 영원히 감사할 거야. 내가 완전히 믿을 수 있는 사람은 별로 없어. 자넨 그중 한 사람이고. 제발 지구의 상처를 치유할 수 있게 도와줘."

"너무 큰 걸 요구하시는군요. 하지만 박사님이 진심으로 칭찬해주는 건 정말 좋네요. 내가 거절하지 못할 거라고 생각하고 말이에요." 달시는 거의 미소를 지을 뻔했다. 셸빅은 그녀를 두 팔로 감싸고 꼭 껴안았다. "하지만 저 열두 살짜리 꼬마는 안 데려갈 거예요."

"거의 열세 살이에요. 그리고 누나보다 아이큐도 훨씬 높다고요. 날 이 쓰레기 더미에 내버려두고 갈 건 아니죠? 조만간 아동복지국에서 날 데려갈지도 몰라요. 그럼 난 결국 위탁가정에 보내지겠죠. 무슨 일이 일어날지도 모르는 곳에 말이에요." 펠릭스는 손가락과 머리를 흔들었다. "그럼 난 결코 내 잠재력을 발휘하지 못할 거예요. 이건 인류에 대한 범죄예요. 양심상 정말 그렇게 하고 싶어요? 절대 그렇지 않을 거라 믿어요, 누나."

셸빅은 펠릭스의 제안을 곰곰이 생각했다. "합류를 환영한다, 꼬마야. 내가 이론을 정리하게 도와주지 않으련?"

"방해나 안 했으면 좋겠네." 달시가 말했다. 셋은 셸빅의 개인 소지품을 챙겨서 주차장으로 향했다. "음, 모든 게 너무 순식간에 진행되는데! *메리 잭슨*이 이 여행을 감당할 수 있으려나 모르겠네요."

그 이름이 펠릭스의 호기심을 자극했다. "메리 잭슨? 그 유명한 수학자이자 항공우주 엔지니어요? 그분이 이 일과 무슨 상관이에요?"

"짜잔!" 달시가 자신의 지저분한 빨간 해치백 자동차를 가리키며 말했다. 문이 두 개인 달시의 차는 검은 먼지로 잔뜩 덮여 있었고 당장이라도 분해되어 무너질 것처럼 보였다. "내 차 이름을 그걸로 지었지. *메리 잭슨*은 내 영감의 원천이거든. 비록 1990년대 초반에 만들어진 골동품이긴 하지만 차에 담긴 영혼은 영원한 거니까."

"*이 차는 폐차 수준인걸요.*" 펠릭스가 투덜거렸다. "물론 진짜 메리 잭슨은 영원한 여왕이지만요."

켄이 펠릭스와 달시, 셀빅을 보고 그들에게 빠르게 다가왔다. "꼬맹이, 너 어딜 가려는 거야? 화장실이 아직 더럽던데." 켄이 고압적인 말투로 말했다.

펠릭스는 심호흡을 했다. "켄 아저씨, 여기 머무를 수 있도록 일을 줘서 고마웠어요. 감사한 일이었어요. *하지만* 좋은 일을 한 가지 했다고 해서 사람들을 쓰레기 취급한 걸 용서할 수 있는 건 아니에요. 사실 그건 완전 바보 같은 짓이라고 할 수 있죠. 당장 화장실 솔을 들고—."

이때 달시가 펠릭스를 뒷좌석에 밀어 넣고 문을 닫았다. "우리는 지금 떠날 거예요."

펠릭스는 창문을 열고 창밖으로 머리를 내밀고는 이렇게 소리쳤다. "오늘은 화장실 청소 안 할 거예요. 앞으로도 영원히요!"

켄은 침착함을 유지하려 안간힘을 썼다. "밀린 숙박비는 내야죠, 셀빅."

"송금하는 중이니까 걱정 말아요. 나중에 봅시다. 우리는 세상을 구하러 갑니다." 셀빅이 대답했다. 그가 문을 닫자 달시가 차에 시동을 걸었다.

"과연 그럴지 두고 보죠." 켄이 퉁명스럽게 말했다.

달시는 *메리 잭슨*을 몰고 주차장을 떠나 도로로 향했다.

"자, 에릭, 그럼 이제 어디로 갈까요?"

Chapter

2

"여기, 여기! 여기!" 셸빅이 소리쳤다. "달시, 여기서 꺾어!"

긴장한 달시가 쏘아붙였다. *"소리 좀 그만 질러요."*

여섯 시간 동안 이어진 자동차 여행은 비교적 평온했다. 펠릭스와 달시는 남은 시간 동안 조용히 해달라는 셸빅의 요청이 있기 전까지 언쟁을 벌이고 있었다.

그리고 셸빅이 조용하라고 말한 지 다섯 시간 오십오 분 뒤에 목적지에 다다랐다. 텍사스의 릴 오데사였다. 환영 표지판은 그냥 오데사처럼 보였지만 릴 오데사였다.

시내의 쇼핑 거리는 한때 북적거렸던 상업 중심지였다. 여행객들에게는 목적지로 향하는 길에 들렀다 가기 좋은 곳이었다. 하지만 이미 먼 옛날의 이야기가 된 지 오래였다. 시간이 지남에 따라 한때 번영했던 사업들은 내리막을 걷기 시작했고 중심가의 가게들은 텅 빈 채 쓰레기만 나뒹굴고 있었다. 굴치 비디오, 일루시아 미용실, 탱크톱 시티 등의 가게들은 모두 그라피티로 뒤덮여 있었다. 유일하게 영업 중인 소매점은 정체 모를 달러 홀러라는 이름의 가게였다.

펠릭스가 앞좌석으로 머리를 들이밀며 말했다. "이게 실화예요? 여기에 사람이 있긴 한 걸까요, 아니면 전부 사라진 걸까요?"

"여기 세워줘." 셸빅이 말했다. 달시는 주차장에 차를 세우고 한숨을 내쉬었다. 바닥에서 천장까지 이어진 달러 홀러의 창문은 크고 밝은 형광 오렌지색 포스터로 덮여 있었다. 각 포스터에는 엄청난 특가 세일 광고들이 적혀 있었다.

놀라운 브랜드 세일! 최첨단 기기를 저렴한 가격에! 우유 세일! 믿지 못할 가격!

달시는 포스터들을 의심스러운 눈초리로 바라보았다. "*믿지 못할 가격*은 무슨. 가게 이름 자체가 달러 홀러(Dollar Holler, 달러가 불평한다는 뜻으로 저렴하게 할인한다는 의미로 사용—옮긴이)잖아." 그녀는 창문을 올리면서 말했다.

셀빅은 반짝이는 은테 프레임에 어두운 색깔의 선글라스를 쓰며 말했다. "날 따라와. 그리고 *침착하게* 행동해." 셀빅은 차 문을 열고 다리를 뻗어 차 밖으로 내밀었다.

"잠깐만요." 달시가 말했다. "여기서 대체 뭘 하려는 거예요?"

셀빅은 못마땅하다는 듯이 툴툴거리며 다시 자리에 앉았다.

"날 *믿어야 해.*" 그는 퉁명스럽게 대답했다. "난 내가 뭘 하는지 알고 있어."

"난 방금 여섯 시간을 운전해서 이 유령 도시의 쓰레기 가게에 도착했어요." 달시가 맞받아쳤다. "그런데 그냥 무작정 믿으라고요? 왜 우리가 여기 왔는지 정도는 설명해줘야죠."

셀빅이 그에 대한 대답을 준비하는 듯 잠시 침묵이 흘렀다.

"전 화장실에 가야 해요." 펠릭스가 둘의 대화에 끼어들었다.

셸빅은 차에서 내려 문을 세게 닫고는 가게 입구로 향했다.

"설명 감사하네요." 달시가 눈을 흘기며 말했다. "내가 데려다 주려던 곳이 *바로* 여기였는데 말이에요."

"*쌀 거 같아요.*" 펠릭스가 애원했다. "세 시간이나 참고 있었다고요."

달시가 버튼을 눌러 차 문을 잠갔다.

"*네 시간*으로 늘리고 싶니?" 그녀가 낄낄거리며 말했다.

"좋아요, 웃어요!" 펠릭스가 울부짖었다. "이제 무슨 일이 일어날지 한번 보세요."

"이래서 아기들은 기저귀를 차야 한다니까." 달시는 이렇게 말하고 문의 잠금장치를 풀어 차 밖으로 나갔다. 펠릭스는 최선을 다해 평정심을 유지하면서 그녀의 뒤를 따랐다. 셸빅은 기다란 포스터 사이로 목을 들이밀어 안쪽을 살피며 빌딩 주위를 어슬렁거리고 있었다.

"아주 영리하게 은폐하고 있군." 셸빅이 영업 중이라고 쓰여 있는 표지판을 보면서 중얼거렸다. 그러고는 정문으로 돌진해서 문을 박차고 들어갔다. "아하!" 셸빅이 소리쳤다. 계산대에 앉아 있던 가엾은 여성이 놀라서 당황한 표정을 지었다. "당신들이 뭘 하는지 내가 모를 줄 알지만, *난 다 알고 있어.*"

"필요한 게 있으신가요, 손님?" 그녀는 미소를 지으며 이렇게 물었다. 커다란 핑크 블라우스를 입은 체구가 작은 여성이었는데, 구불구불한 금발의 곱슬머리는 어깨에 닿아 있었고 화려한 보석으로 치장한 얇은 테 안경을 체인에 달아 목에 걸고 있었다.

셀빅은 그녀의 이름표를 보았다. "어쩌면 당신이 알려줄 수도 있겠군, *젤다.* 난 알파 탱고 718을 찾고 있소."

"죄송합니다만, 고객님. 혹시 자동차 오일을 찾으시는 건가요?" 젤다는 카운터 위로 몸을 숙이고는 넓은 통로 쪽을 바라보았다. "드림캐처 통 옆을 한번 보세요. 마요네즈 통 옆에 있어요. 저희도 그 제품을 들여놔야겠네요."

셀빅은 그 말을 믿지 않았다. "실력이 좋군." 그는 젤다가 앉아 있는 방향을 손가락으로 가리키며 말했다. "분명 그녀가 교육을 잘 시켰나 보네."

달시가 끼어들며 양해를 구했다. "죄송해요, 이분한테 너무 많은 일들이 있었거든요. 할아버지들이 어떤지 아시잖아요."

"거짓말이에요. 난 아이가 없어요." 셀빅이 단언했다. "없다고!"

달시가 셀빅을 팔꿈치로 밀며 말했다. "정신이 없어서 그래요. *아주* 혼란스러운 상태죠. 뭐랄까, 하늘의 기운이 이상해서 그런 것 같아요. 별들이 거꾸로 돌고 있는 게 분명해요." 그녀는 어깨를 으쓱했다.

"무슨 말을 하는 건지 모르겠군요." 젤다가 말했다.

"사실 저도 몰라요! 귀찮게 하지는 않을게요."

펠릭스는 화장실을 사용하려고 참을성 있게 기다렸지만 더 이상 견딜 수 없는 상황에 이르렀다. 셸빅은 그에게 가까이 오라고 손짓했다. "펠릭스, 여기가 시시한 것들로 가득 찬 평범한 상점처럼 보일지 모르지만 그게 전부가 아니란다." 셸빅은 이렇게 속삭이고 세상에서 가장 눈에 잘 띄는 스파이처럼 복도에서 몸을 숙였다. "망 좀 봐줘."

"당신 친구분은 임무를 수행 중인 것 같네요?" 젤다가 말했다. "또 뭘 찾고 있는 걸까요?"

"있잖아요, 특가 세일 같은 거요." 달시가 한숨을 쉬었다. "혹시나 테서랙트 여분 같은 건 여기 없겠죠? 아마도요."

"안타깝게도 테자레츠는 재고가 없어요. 죄송합니다."

이때 다양한 꽃향기들이 달시의 코를 날카롭게 찔렀다.

"포푸리는 많은 것 같은데요? 라벤더, 스트로베리… 베이컨 같은 건 살 수 있죠?"

"이 근처에서 두 번째로 큰 매장을 갖고 있죠." 젤다가 자랑스러운 표정으로 미소를 지었다.

"난 *화장실*에 가야 한다고요!" 펠릭스가 필사적으로 소변을 참으며 울부짖었다.

"오, 얘야. 화장실은 구매 고객만 이용할 수 있단다." 젤다가 구석의 감시 카메라를 보고 고개를 끄덕이며 말했다. "규칙을 어길 수는 없어. 문제를 만들고 싶진 않거든." 젤다는 마치 붙잡혀 있는 포로라도 되는 듯이 눈을 이상할 정도로 크게 떴다.

"그들이 우릴 *지켜보고* 있는 거지, 그렇지?" 셀빅이 전시장 뒤에서 머리를 내밀며 말했다.

달시가 근처에 있는 장신구 상자에 손을 넣어 하트 모양 열쇠고리를 꺼내며 물었다. "얼마죠?" 그녀는 열쇠고리를 카운터에 내려놓았다. "이제 구매 고객이 되겠네요."

"1달러예요." 젤다는 뿌듯한 표정으로 대답했다.

달시가 젤다에게 1달러짜리 지폐를 건네자 펠릭스는 볼일을 보러 뛰어가기 시작했다. "고마워요!" 그는 화장실로 질주하며 소리쳤다.

"정말 착하시네요." 젤다는 작은 비닐봉투에 열쇠고리를 담으며 말했다. "저도 아들이 있어요. 아들이 화장실을 사용해야 한다면 뭐든 했을 거예요."

"음, 징그럽네요. 쟨 제 아들이 아니거든요." 달시가 중얼거렸다.

"그쪽도 아이가 없어요." 셀빅이 가게 맞은편 쪽에서 소리를 질렀다. "*우린 모두 아이가 없죠!*"

"조용히 좀 하세요, 할아버지." 달시가 이를 앙다물며 소리쳤다. "젤다, 현실적인 질문 좀 할게요. 여긴 어떤 곳이에요?"

젤다는 질문을 이해 못한 듯 어리둥절한 표정을 지었다.

"제 할아버지는 이 가게가 그냥 *단순한* 가게가 아니라고 생각하는 것 같거든요."

"그럼요, 절대 단순한 가게가 아니죠." 달시의 설명에 젤다가 맞장구를 쳤다. "달러 홀러는 엄청나게 저렴한 상점이랍니다!"

달시는 젤다를 좀 더 강하게 압박했다. "정말 저 사람 몰라요? 우린 저 양반의 오랜 친구를 찾고 있어요. 저분 말로는 자기 친구가 *분명* 여기 있을 거라고 하더라고요."

펠릭스가 화장실에서 나오며 안도의 한숨을 쉬었다. "이제 살 것 같네!"

셀빅이 10달러짜리 지폐를 들고 카운터로 걸어와서 젤다의 얼굴 쪽으로 집어 던졌다. 그녀는 손을 휙 들어올려 지폐를 빠르고 정확하게 잡았다.

"내 차례야." 셀빅은 화장실로 천천히 걸어가며 말했다.

젤다의 다정한 태도가 바뀌었다. 그녀는 셀빅이 눈앞에서 사라질 때까지 시선을 떼지 않았다.

"반사 신경이 좋네요, 젤다." 달시가 칭찬했다.

"소프트볼을 하거든요. 주말에는 유도 연습도 하고요." 젤다의 눈은 여전히 셀빅을 쫓고 있었다. "다시 생각해보니, 꽤 낯이 익은 거 같아요."

"그런 부류의 얼굴이긴 하죠. 가끔은 한 대 때리고 싶은 사람 말이에요."

펠릭스가 끼어들었다. "에릭 셀빅 박사님은 지구에서 가장 대단한 천체물리학자예요. 나사랑 쉴드에서도 일했다고요. 어벤져스도 알고 있어요. 웜홀에 대해서도 다 알고 있다니까요. 정말이에요."

그때 젤다가 뭔가를 기억해낸 듯했다. "오! 오, 오, 오!" 그녀가 소리쳤다. "저 사람 TV에서 정신을 잃고 막 뛰어다니던 그 똑똑한 양반이잖아요! 스톤헨지에서 돌아다니던 장면을 볼 때마다 남편이랑 엄청 웃어요."

"우리는 팬티 없는 양반이라고 부르죠." 달시가 말했다. 그녀는 셀빅이 나올 때까지 시간을 때우려고 열쇠고리가 들어 있는 통을 뒤졌다.

"사인 한 장 해줄 수 있을까요? 조카에게 주려고요. 어벤져스를 엄청 좋아하거든요. 특히 이번 사건 이후로 말이에요. 사실 그 끔찍한 일이 어벤져스 때문이라고 생각하는 사람들도 있어요." 젤다가 비밀 얘기라도 하려는 듯이 몸을 기울였다. "더러운 소문이나 얘기하기 좋아하는 사람들 말이에요. *저* 말고요. 전 어벤져스가 영웅들이라고 생각해요. 특히 스칼렛 위치? 완전 멋있어요. 그 아가씨에게 별일이 없으면 좋겠어요. 제 조카는 스칼렛 위치가 마법을 부린다고 하더군요."

달시는 시험관 모양으로 생긴 열쇠고리를 통에서 꺼내며 말했다. "전 마법을 믿지 않아요."

"다른 슈퍼 히어로들도 있잖아요. 그 곤충 아가씨? 아닌가, 거미였나? 전에 뉴스에서 본 적이 있어요. 빨간 머리 여자요. 이름은 기억이 안 나지만. 조카가 그 사람도 좋아하더라고요. 요즘엔 슈퍼 히어로들이 너무 많아서 일일이 기억도 못할 지경이에요." 젤다가 믿을 수 없다는 듯이 고개를 저었다. "블랙 위도우! 맞아요. 블랙 위도우 알아요?"

달시는 손가락 끝에 열쇠고리를 매달고 있었다. "알 수도 있죠. 이것들 아홉 개 더 있나요?"

젤다가 카운터 밑에서 시험관 모양 열쇠고리로 가득 찬 박스를 꺼내보였다. "이 정도면 될까요?"

달시는 가장 깊고 어두운 비밀을 밝히려는 듯이 주위를 살피며 조용히 말했다. "블랙 위도우요? 사실 걔는 제 가장 친한 친구죠."

젤다는 놀라움에 숨을 멈추고 목에 걸고 있는 진주 목걸이를 움켜쥐었다. 그녀는 자신의 행운을 믿지 못했다. 젤다가 질문을 하기 전에 펠릭스가 먼저 말을 꺼냈다. "행크 핌이라고 들어봤어요? 그분도 셀빅 박사님처럼 유명한 과학자예요. 아마 잘 모르시겠지만."

"들어봤단다, 고맙지만." 달시가 말했다. "근데 그 사람은 누구지?"

"핌 입자라는 걸 만든 분이에요. 사람을 아원자 수준으로 작게 만들 수 있는 입자죠. 사람이 정말 정말로 작아지면 시간과 공간이 무의미해져요."

젤다가 눈도 깜빡이지 않고 펠릭스를 바라보았다. "재미있구나." 그녀는 상냥하게 말했다.

"전 차를 타고 오는 동안 다른 영역에 대해서 생각하고 있었어요. 그곳에 어떻게 접근할 수 있을까에 대해서요. 달시 누나, 환영의 샘에 대해서 아는 거 있어요?"

"아, 그 고급 스파 말이야?" 젤다가 웃으며 말했다.

"스파가 아니에요." 달시가 말했다. "그리고 펠릭스, 박사님 앞에서 이런 얘기 꺼내지 마."

"왜요? 박사님이 환영의 샘이 모든 것의 핵심이라고 말했는걸요."

달시가 짜증스럽게 말했다. "언제 그렇게 말했단 거야?"

"누나는 알고 싶지 않으세요?" 펠릭스가 눈썹을 치켜 올리며 말했다.

"농담하지 마, 펠릭스. 진지하니까." 달시가 시험관 모양 열쇠고리 열 개를 내려놓으며 말했다. "계산해주세요."

"좋은 걸로 고르셨네요. 선물하실 건가요?" 젤다가 열쇠고리를 봉투에 넣으면서 물었다.

"아직은 잘 모르겠어요." 달시가 어깨를 으쓱했다. "언젠간 누굴 줄지 알게 되겠죠."

젤다의 쾌활한 말투가 조심스럽게 바뀌었다.

"왜 릴 오데사로 왔는지는 모르겠지만요, 내가 당신이라면 조심하겠어요." 젤다가 경고했다. "이 동네에는 뭔가 비밀이 있어요. 여기저기 쑤시고 다니지는 말아요—."

쨍그랑!

화장실에서 유리가 박살 나는 소리가 들렸다.

"어, 이런." 펠릭스가 말했다.

젤다가 카운터 주변을 허둥지둥 헤매다가 가게 뒤편으로 달려갔다. 화장실 문을 열려고 했지만 소용이 없었다. 셀빅이 안쪽에서 문을 막아놓았던 것이다.

"지금 들어가요! 옷은 입고 계세요, 똑똑한 양반!"

어깨로 문을 밀쳐서 셀빅의 바리케이드를 부수고 들어간 젤다는 예상치 못했던 광경을 목격했다. 셀빅이 밖의 골목으로 통하는 아주 작은 창문으로 빠져나가려고 했던 것이다. 그런데 그 과정에서 창문에 몸이 끼고 말았다. 젤다는 셀빅이 무사히 내려오는 것을 도와주었다. "당신은 정말 구제 불능이군요, 그거 알아요?" 젤다는 그를 바닥으로 내려주고는 도망치지 못하게 하려고 등을 무릎으로 누르고 있었다.

"당신은 이해를 못할 거야. 이건 그냥 끔찍한 실수라고." 셀빅이 애원했다.

"젤다, 유도 수업이 정말 효과가 있었나 봐요. 하이파이브!" 달시가 젤다와 손을 마주치려고 팔을 치켜들었지만 젤다는 아무 반응을 보이지 않았다.

"다들 나가주세요." 젤다가 요구했다. "당신들이 유명한 과학자이건 아니건 상관없어요. 이런 식으로 들어와서 창문을 깨고 마음대로 행동해서는 안 돼요. 여기서 이럴 수는 없어요! 내 가게에서는 용납할 수 없다고요!" 그녀는 셀빅을 어깨에 들쳐 메고 입구로 끌고 갔다. "잠시나마 당신들 사인을 받아서 조카딸한테 줄 *생각을 했었다니*." 젤다는 문을 열고 셀빅의 등을 밀어 밖으로 내보냈다. 달시와 펠릭스는 방금 일어났던 황당한 사건에 당혹감을 느끼며 어영부영 입구로 향했다.

"죄송해요." 달시가 공손하게 말했다.

젤다는 실망했다는 듯 고개를 흔들고는 문을 세게 닫았다. 그리고 영업 중이라는 표지판을 영업 종료로 바꾸었다.

달시는 셀빅 옆의 도로변에 털썩 주저앉았다. 셀빅은 뾰로통한 표정을 짓고 있었다. "설명해줄래요?" 달시가 물었다. "혹시 아무 말도 안 하고 그냥 돌아가고 싶다고 해도 난 괜찮아요."

"그녀는 거기 있어야 했어." 셀빅이 불안해하며 말했다. "*그녀는 거기 있어야 했다고.*"

"누구 말이에요?!" 달시가 물었다. "누가 거기 있어야 했다는 *거예요? 우리한테는 말 안 했잖아요.*"

셀빅이 미처 대답하기 전에 길 건너에 있는 허름한 가게에서 한 여성이 머리를 내밀고 셀빅을 가리키며 소리쳤다. "에릭! 여기야!"

셀빅이 그녀를 손가락으로 가리키며 순식간에 미소를 지었다.

"내가 장소를 착각했었구먼. 실수했어. 다들 이쪽으로 따라와."
그는 일어나서 길을 건너기 시작했다. "모든 게 순조롭게 진행되
고 있어."

Chapter

3

"안젤리카!" 셀빅이 반갑게 소리쳤다. "당신을 다시 만나다니, 정말 너무 반갑군!" 셀빅은 주위도 살피지 않고 급히 길을 건넜다. 다행히 릴 오데사에는 지나다니는 차가 거의 없었다. 셀빅은 벌써 몇 년 동안이나 안젤리카 탄을 만나지 못했지만 그녀를 자주 떠올렸다. 그들은 사이언티픽 프론티어 콘퍼런스에서 처음 만났다. 천체생물학자였던 안젤리카는 당시 나사에서 근무하고 있었다. 탄은 특유의 유머와 말솜씨로 셀빅을 사로잡았다. 그들은 금세 친해져서 밤늦게까지 우주에 대한 애정을 이야기하곤 했었다. 또 가십거리를 이야기하는 것도 좋아했다. 탄은 모든 사람에 대한 모든 소문을 알고 있었다. 그리고 몇 년 후에 쉴드의 페가수스 프로젝트를 맡게 된 셀빅은 그녀를 쉴드로 불러들였다. 둘은 페가수스 프로젝트를 진행하면서 테서랙트를 밤낮으로 함께 연구했고 가장 친한 친구이자 동료가 되었다. 하지만 로키와의 사건 이후 관계가 끊어졌고 우정에도 금이 가고 말았다. 결국 최근 몇 년 동안에는 서로 만나지도 않고 연락도 없이 지냈던 것이다. 셀빅은 그녀를 다시 만났다는 사실이 매우 기뻤다. 탄은 셀빅의 기억 그대로였다. 그녀는 큰 키에 가녀린 몸매의 소유자로, 머리를 빡빡 밀고 검은 정장을 입고 있었다. 셀빅은 그녀에게 가까이 다가가 포옹을 하려고 두 팔을 벌렸을 때 탄이 자신만큼

기뻐하지 않는다는 것을 깨달았다.

"대체 무슨 짓을 한 거야?!" 탄이 큰소리로 말했다. "다시 정신이 나가기라도 한 거야? 당신이 멍청하게 굴어서 내 일이 엉망이 될 수도 있다고." 그녀는 셀빅의 팔을 잡고 안으로 끌고 들어갔다. "릴 오데사에 살면서 배운 게 하나 있다면 *젤다와 문제를 일으키면 안 된단 거란 말이야.*"

"주소를 착각했어." 셀빅이 수줍어하며 미소를 지었다. "난 다 기억하고 알고 있다고 생각했는데, 기억이란 게 때로는 엉뚱할 수 있다는 걸 배웠군."

탄은 달시와 펠릭스에게 주의를 돌리며 말했다. "안녕하세요, 반가워요! 물거나 하지는 않으니까 걱정 말아요. 안으로 들어올래요?" 그녀는 둘을 어두운 방 안으로 안내했다. 탄은 안으로 들어와 방의 전등을 켰다. 밝아지자 방 안의 모습이 보였다. 싸구려 나무 패널이 벽을 둘러싸고 있는, 꽤나 구식으로 꾸며진 방이었다. 지붕의 갈라진 틈을 타고 빗물이 새는지 천장 타일에는 누렇고 얼룩덜룩한 자국이 나 있었고, 얇고 칙칙한 녹색 카펫에는 불에 그슬린 작은 자국들이 보였다. 방 중앙에는 안락의자가 놓여 있었는데, 그 외에 다른 가구들은 없었다. 천으로 만든 의자였는데, 숲속에서 사슴들이 즐겁게 춤추는 그림이 그려져 있는 이상한 재질의 천이었다.

펠릭스는 방금 들어왔던 문을 바라보며 말했다. "어어. 우리가 방금 타임머신을 타고 온 건가요, 아니면 여기가 그냥 이상한 건가요?"

탄이 웃었다. "타임머신? 하! 시간 여행이 엄청 쉬운 것처럼 말하는구나. 우리 같은 사람들은 시간과 공간을 건너뛰기 위해서는 출입구를 걷는 것보다 더 많은 것이 필요하다는 걸 알고 있지." 탄은 안락의자로 걸어가 털썩 주저앉았다. 그녀는 미소를 지으며 펠릭스를 아래위로 훑어보았다. "넌 처음 보는데. 누구지?"

"펠릭스 데스타. 젊은 피죠."

"데스타면 에티오피아인이지? 맞나?" 탄이 묻자 펠릭스가 고개를 끄덕였다. "와칸다 국경 근처에 있는 아름다운 곳이지. 물론 너도 알겠지만. 와칸다에 대한 온갖 새로운 정보들이 쏟아져 나오고 있어. 그러니까 생각나네. 키모요 비즈가 어떻게 분류되었는지 들여다봐야겠어." 탄이 자신의 뇌를 검색하는 듯이 눈을 가늘게 떴다.

"키모요 비즈가 뭐죠?" 펠릭스가 물었다. "사육제 마지막 날에 나눠주는 것 같은 건가요?"

탄이 고개를 저었다. "키모요 비즈는 비브라늄으로 만든 와칸다의 첨단 기술 장치야. 정보를 저장할 수도 있고 통신 기능과 에너지 흡수 기능도 갖고 있지. 내가 어떻게 그 일을 맡게 됐는지 묻지 마. 안 그러면 널 죽여야 할지도 모르거든." 그녀는 펠릭스에게 장난스럽게 윙크했다. 하지만 펠릭스는 어떻게 반응해야 할지 몰라서 당황했다. "에, 확실히 의외이긴 해. *분명 그렇지?* 어떻게 네가 에릭의 인턴이 되었는지 말해주렴. 너도 지금쯤은 알고 있겠지만, 에릭은 정말 골칫거리거든—"

셸빅이 펠릭스의 귀를 막으며 말했다. "그만해, 안젤리카."

"뭘 말이야?!" 탄이 항의했다. "늙은이처럼 굴지 말라고, 에릭." 탄은 의자를 돌리면서 생각나는 대로 말했다. "좋은 인턴은 정말 찾기 힘들어. 나도 일류 학교에서 인턴을 엄청 많이 채용해봤지만 전부 마지막 순간에는 도망치더라고. 아무래도 여름 내내 사막 지하에 처박혀 있고 싶지 않았던 모양이야. 분명 에어컨이 있다고 했는데! 흥, 자기 손해지, 뭐." 그녀는 길게 한숨을 쉬었다. "그럼 펠릭스 데스타, 에릭이 이것도 말해줬니? 자기랑 나랑 한때—"

셸빅이 탄의 말을 끊으며 말했다. "*이제 됐어, 안젤리카.* 펠릭스는 내 인턴이 아니야. 공식적인 팀원도 아니라고. 그러니까 그만해. 일단 지하에 내려가서 다시 의논해도 되잖아."

탄은 셸빅을 보며 이상한 소리를 냈다. 마치 낯선 사람을 보며 으르렁거리는 강아지 같았다. 그러고는 달시에게로 관심을 돌리며 다시 부드러운 표정을 지었다. "당신이 접착제군요, 그렇죠? 당신 덕분에 한데 모여 있는 거죠. 대단한 사람이라는 걸 인정해야겠어요, 아가씨. 성인군자처럼 참을성이 좋네. 내가 당신이었다면 벌써 뛰쳐나가고 남았을 거예요."

"우리가 만난 적이 있나요?" 달시가 물었다.

"아니, 하지만 당신이 달시 루이스라는 건 알고 있어요. 에릭이 전부 말해줬거든. 난 당신이 어떻게 이 일을 시작하게 됐는지 알고 있어요. 모든 사람에 대해서 다 알고 있죠. 그게 내가 하는 일이에요." 탄은 편안한 모습으로 안락의자에 기대어 앉아 있었다. "그럼 마음의 준비를 하세요." 그녀는 의자 옆에 있는 레버를 잡아당겼다.

철컹!

잠시 후에 금속이 쿵쾅거리는 소리가 방 안에 울려 퍼지면서 방이 움직이기 시작했다. 벽을 둘러싸고 있던 나무 패널이 뒤집어지면서 은색 금속으로 바뀌었다. 천장 타일이 접혀서 모습을 감추자 안쪽에 매달려 있던 막대와 피스톤이 모습을 드러냈다.

"그리고 우리는 이제 쓰레기 압축기 안에 있네요." 펠릭스가 말했다.

"좀 기다리렴." 탄은 셀빅을 바라보며 눈을 흘겼다. "에릭, 이 사람들한테 여기가 어떤 곳인지 아무 말도 안 해준 거야?!"

"전혀요." 달시가 고개를 흔들며 말했다. "박사님은 우리가 왜, 어디로 가는지도 가르쳐주지 않은 걸요." 그녀는 셀빅의 어깨에 손을 올렸다. "언질을 줬어야죠, 아저씨."

"그래도 어쨌든 함께 오긴 했군요. 달시 루이스, 당신은 접착제 같은 존재니까."

철컹!

방이 움직임을 멈추었다. "다 왔어요." 탄이 안락의자에서 일어나며 말했다. "내 벙커에 오신 것을 환영합니다. 아까도 말했지만, 에어컨은 있어요." 방을 둘러싸고 있던 금속 벽이 접히면서 거대한 지하 창고가 모습을 드러냈다. 단단하게 포장된 금속 상자들이 수백 줄로 늘어서 있었다. 각 상자들은 꼼꼼하게 번호가 매겨지고 이름이 적혀 있었다. 어떤 상자에는 기밀 서류가 있었고, 미스터리나 정체불명의 유물이 들어 있는 상자도 있었다. 문 옆에는 사방이 뚫린 작은 사무실이 있었다. 책상은 엉망이었지만 노트북은 깔끔한 모습이었고 그 옆에는 지쳐 보이는 고양이가 내버려 두라는 표정을 짓고 있는 머그컵이 놓여 있었다. 책상 뒤에는 제자리에 돌아가길 기다리는 잡동사니로 가득한 책장이 보였다. 그중 하나가 펠릭스의 눈에 띄었는데, 낡은 전선으로 뒤덮인 스파이크 헬멧이었다. 그는 헬멧 쪽으로 걸어가 전기가 통하길 기대하면서 손가락을 뻗었다.

"건드리면 안 돼." 탄이 경고했다.

펠릭스는 뒤로 물러났다. "이곳은 뭐죠?"

"쉴드의 비밀 창고라고나 할까."

펠릭스가 키득거리며 말했다. "이런 말 하긴 싫지만, 쉴드의 데이터베이스는 꽤 오래전에 노출됐어요. 조직은 모두 산산조각 났다고요. 쉴드의 비밀은 전부 세상에 공개됐어요."

탄은 책상 의자에 기대어 앉아 발을 책상 위로 올렸다. "꼬마야, 난 그 데이터베이스에 한 번도 들어간 적이 없는 서류철과 임무 보고서를 갖고 있단다. 넌 이해 못할 거야. 네겐 온라인이 세상의 전부니까. 예전에는 정보를 온라인으로 기록하지 않았단다. 이곳은 세상의 가장 중요한 기밀 보고서와 증거, 기록을 보관하고 있는 최초의 시설이지. 쉴드 같은 조직에서 모든 자료들을 디지털화할 때는 오리지널 문서들과 다른 아이템들을 보관할 장소들이 필요했어. 헬리캐리어에는 실을 자리가 없었거든."

"대부분의 사람들은 사용하고 난 자료들을 파쇄해버리죠." 달시가 말했다. "그냥 그렇다고요."

"내가 그저 종이쪼가리만 보관하고 있는 건 아니거든." 탄이 맞받아쳤다. 그녀는 책상 옆에 있는 박스가 보관된 진열대를 가리키며 말했다. "기술적인 자료 역시 보관하고 있어요. 그런 자료를 보관하는 대가로 많은 돈을 받고 있죠. 물론 기계로 된 날개를 달고 다니는 멍청이한테 도둑맞을 위험을 감수하는 것보다는 위험한 것들을 모두 없애버리는 편이 낫긴 해요."

"외로울 때도 있겠어요." 펠릭스가 말했다.

"뭐, 때론 그렇지. 거의 항상? 그렇다고 아주 나쁜 것만은 아니야. 한가한 시기에는 인터넷으로 소시 사라의 요리 강좌를 엄청 많이 봤어. 그녀는 정말 대단해. 따라 하다가는 온통 지저분해지지만."

탄은 잠시 생각에 잠겼다가 다시 말을 이었다. "게다가 난 조수도 있는걸. 그 조수의 친구들이 날 짜증나게 만드는 일도 없고 말이야. 나한테는 꽤 중요한 일이지."

"*아함.*" 펠릭스가 중얼거리며 하품을 했다.

탄은 셀빅을 바라보았다. "쟤들은 *정말* 내가 누군지 모르는 거야?!" 그녀의 목소리는 격앙되어 있었다. "에릭, 우리가 함께 지낸 세월이 얼만데 나에 대해서 한마디도 안 했단 거야? 모욕당한 기분이네." 탄은 바지를 들어 올려 의족을 드러낸 뒤, 달시와 펠릭스 앞으로 천천히 내보였다. "로키와 테서랙트가 얽힌 불쾌한 사건 이후에 이 다리를 갖게 되었지. 에릭과 함께 페가수스 프로젝트를 진행할 때였어. 조만간 시간을 내서 더 좋고 발전된 생체공학적 다리로 바꿀 생각이야." 그녀는 잠시 말을 멈추었다. 어쩌면 인생을 뒤흔든 사건을 생각했을지도 모른다. "세상은 언제나 우리가 예상했던 대로 흘러가는 건 아닌 것 같아. 난 하루 종일 복잡한 과학만 들여다보는 일에서 한 걸음 떨어져 있어야겠다고 결심했어. 물론 우주생물학은 언제나 내 핏속을 흐르고 있을 거야. 하지만 지금은 여기, 이곳에 있는 게 잘 맞아. 때로는 쉬어야 할 때도 있는 법이니까."

"*무슨 뜻인지* 알겠어요." 달시가 말했다.

셀빅은 꽤 오랫동안 탄에게 아무 말도 하지 않고 있었다. 그는 탄이 그리웠다. 페가수스 프로젝트가 무산된 후 셀빅은 탄이 자신을 원망할까 봐 두려웠다. 둘은 그 일에 대해 제대로 이야기한 적이 없었다. 셸빅은 자신의 마음을 많이 표현하고 싶었지만 내색한 적이 거의 없었다. "안젤리카." 그는 침울한 말투로 말했다. "최근의 사건들이 나를 좀먹었어…."

"우리 모두 마찬가지야. 스스로를 추스르고 털고 일어나서 일에 집중해야지." 탄은 멀리 떨어진 구석에 있는 문을 가리켰다. 문에는 '신입'이라고 적혀 있었다. "펠릭스, 달시. 내 조수가 당신들을 즐겁게 해줄 거예요. 그동안 셸빅 아저씨랑 난 얘기를 좀 해야겠어요."

달시와 펠릭스는 조용히 사라졌다. 탄은 셸빅에게 시선을 돌렸다. "대체 무슨 일이야, 에릭? 뭐가 필요한 건데?"

"우주가 변하고 있다는 걸 느꼈어?"

탄은 의미심장한 미소를 지었다. "난 지하에서 물건들을 분류하면서 살고 있다고." 하지만 이렇게 말하는 그녀의 눈은 이면에 무언가 더 할 말이 있다고 얘기하고 있었다. "그렇다고 내게 지구 주변에 있는 작은 비밀 위성과 연결된 연락망이 있어서 기후 변화나 다른 이상한 일들이 일어나면 알 수 있는 것도 아니지. 사실 하고 싶어도 할 수가 없어. 이 새로운 업무를 시작했을 때 쉴드와 아주 세세한 조건이 명기된 문서에 서명을 했거든. 우주생물학에 대해 연구하지 않겠다고 약속하는 문서였어. 이해관계가 충돌한다거나 그런 이유였지. 하지만 알다시피 우리가 사는 세상은 점점 더 이상해지고 기상천외한 일들이 벌어지고 있어. 내가 갖지 못한 저 위성들? 그것들은 분명 정체를 확인할 수 없는 내용들을 포착하면 자체적으로 정보를 지우고 파괴했을 거야. 비극이라고 할 수도 있지. 혹시나 궁금해할까 봐 얘기하는데, 난 확실히 그런 일로 실망하거나 당황하지는 않아. 아무튼 안타깝긴 하지만, 난 우주에서 벌어지는 일에 대해서는 아무것도 아는 게 없어서 도움이 못 될 것 같아. 미안해, 오랜 친구." 그녀는 살짝 윙크하며 이야기를 마쳤다.

셸빅은 그녀의 이야기를 겸허하게 받아들였다. "솔직하게 얘기해줘서 고마워. 난 제인 포스터 박사를 찾고 있어."

탄이 씩 웃었다. "설마 제인이 여기 있는 것처럼 보여?"

"가능한 빨리 제인과 연락해야 해. 혹시 어디에 있는지 알고 있어?"

탄이 한숨을 쉬었다. "아루바? 자메이카? 누가 알겠어. 내가 제인의 여행 설계자도 아닌데. 제인 몸에 위치 추적기라도 심지 그랬어." 셸빅은 농담할 기분이 아니었다. "눈치 없게 굴려는 건 아닌데, 제인도 더 이상 이 세상에 존재하지 않을지도 몰라. 세상의 절반이 사라졌으니…"

셸빅은 그에 대한 대답은 하지 않았다. "난 모든 각도로 고민해봤어. 제인의 연구에 이번 대학살 사건을 이해하는 실마리가 있을지도 모른다고 생각해."

탄이 갑자기 활기를 되찾으며 말했다. "아! 혹시 제인의 연구가 필요하다면 운이 좋네. 잠깐 기다려." 그녀는 이렇게 말하고 통로로 걸어가 밝은 색의 금속 상자를 갖고 돌아왔다. "이 상자에 제인의 기록이 들어 있어. 대기에 관한 자료와 그녀의 모험과 관련된 물건들 몇 가지도. 제한적이긴 하지만 *당신은* 제인이 이걸 보여줘도 된다고 허락한 두 사람 중 하나니까."

셀빅은 상자를 열어 안을 들여다보았다. 그는 안의 내용물을 뒤지며 자신이 찾는 것이 있는지 살펴보았다. "제인의 일기는 어디 있지? 가죽 표지로 된 일기가 있었는데 여기에는 없군." 셀빅은 실망한 듯이 말했다. "우리가 런던에서 함께 연구할 때 제인은 에테르라고 불리는 다른 세상의 능력과 접촉했어. 난 그 에테르가 지구에서 최근에 일어난 대학살과 연관이 있을지도 모른다고 생각해. 안젤리카, 난 그 일기가 꼭 필요해."

탄이 어깨를 으쓱했다. "그 상자에 없으면 나도 어디에 있는지 몰라."

하지만 셀빅은 탄의 행동에서 그녀가 뭔가 더 알고 있을 것 같다고 느꼈다. "난 절박해, 안젤리카. 만일 내가 그 점들을 연결할 수 있다면 사건의 진상을 파악할 수 있을 거야. *부탁이야,* 날 좀 도와줘."

탄이 결국 빗장을 풀었다. 그녀는 책상 밑면에 붙어 있던 칸막이에 숨겨진 플래시 드라이브를 꺼냈다. "여기에 제인의 영상 일기가 들어 있어. 사실 이걸 찾으러 온 *사람들에게* 비밀을 지키라는 지시를 받았어. 당신이 제인의 친구이든 아니든 일기의 존재를 얘기하는 것만으로 내가 곤란해질지도 몰라." 탄이 비밀을 털어놓았다. "당신이 어떻게 생각하든 난 항상 당신을 믿어왔어, 에릭. 언제나 당신의 연구와 진실에 대한 헌신을 믿었지. 만일 당신이 이 사태를 해결할 수 있다면 이 정보를 알려주어야 한다고 생각해. 하지만 그것 때문에 내가 얼마나 곤란한 처지가 될지는 알고 있지?" 셀빅이 고개를 굳게 끄덕였다. "좋아, 그럼 이쪽으로 와." 탄은 셀빅을 평면 텔레비전과 멀티미디어 플레이어 그리고 사무용 의자 두 개가 있는 작은 방으로 안내했다. 그리고 그에게 플래시 드라이브와 태블릿을 건넸다. "*그걸 여기에 넣고 시작 버튼을 눌러. 플래시 드라이브에는 재생 가능한 영상 두 개가 들어 있었어. 그 이외에는 모두 암호화되어 있어. 그러니까 엉뚱한 짓은 하지 말라고, 알겠지?*"

셀빅은 고개를 끄덕였다. 그는 탄의 도움에 고마움을 느꼈지만 지금 상황에서 그 마음을 표현하기가 쉽지 않았다. "당신도 알고 있겠지만 난 제대로 소통하는 게 항상 너무 힘들어. 이 문제를 해결하도록 도와줘서 고마워, 안젤리카."

"식은땀은 흘리지 말라고. 필요한 만큼 얼마든지 있어." 탄은 방의 문을 닫고 책상으로 돌아가자마자 소시 사라의 초보를 위한 요리 강의를 보기 시작했다.

지하 시설의 다른 한쪽에서는 달시가 신입이라고 쓰인 문을 열었다. 그녀는 전 남자친구 이안 부스비를 다시 만날 거라고는 결코 상상조차 하지 못했다. 그런데 문을 열자 이안 부스비가 그녀를 바라보며 서 있었다.

"이건 말도 안 돼." 달시가 소리쳤다.

"네가 들어오는 걸 감시 카메라로 보고 있었어." 이안이 능글맞게 웃었다. 그는 달시에게 자신의 모습을 상기시키려는 듯이 양팔을 옆구리에서 쭉 뻗었다. 그는 지구에게 조의를 표한다는 문구가 적힌 티셔츠와 청바지를 입고 있었다. "난 살아 있었어. 놀랐지?"

"이제 더 이상 어떤 것에도 놀라지 않아."

그들은 거의 삼십 초 동안 아무 말 없이 서로를 바라보기만 했다. 서로 너무 두려워서 묻지 못하는 질문들로 머릿속이 가득 차 있었다. 둘은 좋게 헤어진 것이 아니었다. 시작은 순수했다. 달시는 제인이 자신을 고용했던 것과 같은 방법으로 그를 고용했다. 이안은 과학에 대한 배경지식은 없었지만 귀엽고 재미있었고 방향을 잘 잡았다. 그들은 컨버전스 현상 직후부터 데이트를 시작했다. 하지만 서로 많이 노력했음에도 결국 헤어지고 말았다.

펠릭스가 침묵을 깨고 이안에게 다가가 반갑게 악수를 건넸다. "전 펠릭스에요. 여기서 어떤 일을 하시는 거예요?" 그는 코를 킁킁거리며 말했다. "그나저나 냄새가 고약하네요."

"뭐라고 했니?" 이안이 물었다.

"펠릭스는 신경 쓰지 마. 아직 어른이 되는 법을 배우는 중이거든." 다시가 말했다.

"난 그냥 안젤리카가 가져오는 물건들에 이름표를 붙이는 일을 할 뿐이야." 이안이 설명했다. "지루하고 외롭기도 하지. 하지만 안정적이라서 좋아. 또 항상 텔레비전을 볼 수 있거든. 아래층에는 체육관도 있어. 특전 중 하나지."

"으음." 펠릭스가 신음 소리를 냈다. "겨드랑이 냄새가 나는 것도 이상하지 않네요."

"그건 아마 네가 이제 막 사춘기에 접어들어서 그럴 거야." 이안이 대꾸했다.

달시에게는 이안의 새로운 외모가 꽤나 인상적이었다. "네 팔뚝이 햄 같아. 지하에서 격리되어 있는 게 오히려 몸매에는 좋은 건가 봐."

펠릭스는 제자리를 찾길 기다리는 상자들로 가득한 선반 쪽에 시선을 고정시키고 있었다. 각 상자들은 관련성과 보관될 장소에 따라 이름표가 붙어 있었다. 그는 상자 사이를 둘러보면서 *뉴욕 사태, 피해 상황 관리, 177A 블리커 스트리트* 등의 이름을 알아보았다. 펠릭스는 상자 안에 든 비밀과 이야기들을 상상하면서 흥분에 휩싸였다.

이안의 관심은 온통 달시뿐이었다.

"아직 셀빅이랑 같이 일하나 보네, 응? 어떤 일은 변하는 법이 없지." 그가 중얼거렸다.

"그쯤 하는 게 좋을 것 같은데." 달시가 눈을 흘기며 말했다.

펠릭스는 *기밀*이라고 적힌 파일 한 무더기를 조용히 꺼냈다. 첫 번째 폴더에는 아리조나의 윈슬로에서 UFO를 맞닥뜨린 세부적인 내용이 적혀 있었다. 비록 대부분의 내용이 검은색으로 지워져 있었지만. 그리고 다른 폴더를 열어 재닛 반 다인이라는 여성의 실종 사건 보고서를 뒤적였다.

"*제자리에 갖다 놔.*" 이안이 말했다.

"아, 죄송해요. 바빠 보여서요. 두 분을 도와드리려던 거였어요." 펠릭스가 씩 웃으며 말했다. "피해보상은 걱정 말아요. 아직 집안에 있으니까요."

이안이 선반을 가리키며 말했다. "*제자리에.*"

펠릭스는 풀이 죽은 채 그가 시키는 대로 했다. 파일을 제자리에 놓으면서 처음 보는 흰색 심벌이 그려진 작은 검은색 공을 보았다. 공은 상자 뒤에 숨겨져 있었다. 그는 들키지 않도록 최대한 조심스럽게 공을 주머니에 집어넣었다.

"꼬마한테 오래된 비밀 몇 개는 읽게 해주지그래." 달시가 말했다. "좀 느슨하게 하라고."

"우리 문제에서 주의를 돌리려고 하지 마, 달시." 이안이 항의했다.

"무슨 문제를 말하는 *거야, 이안?!*" 달시가 큰소리로 물었다.

"넌 셀빅의 애완견이야. 대체 얼마나 시간이 흘러야 너 자신을 돌아보겠어? 셀빅이 말하는 거라면 뭐든지 하려고 주변을 뛰어다니는 대신에 널 위한 뭔가를 좀 해봐."

달시는 이안의 말에 꽤나 상처를 받았지만 최대한 침착함을 유지하려고 노력했다. "그래, 박사님이 날 힘들게 할 때도 있어. 하지만 그는 최근에 많은 일을 겪었어. 너도 잠시나마 같이 있었잖아! 동정심을 좀 보여봐. 세상의 절반이 그저 가루가 되어버렸다고! 난 나를 가장 필요로 하는 사람을 떠날 생각은 없어."

"너를 가장 필요로 하는 사람? 그건 나였어." 그는 책상에서 작은 기계 하나를 꺼내어 달시에게 건넸다. 그 물건은 익숙하면서도 오래된 물건이었다.

"이건… 내 옛날 MP3 플레이어처럼 생겼는데." 달시는 MP3 플레이어를 아래위 양 옆으로 살펴보며 말했다.

"맞아." 이안이 당당히 말했다.

"그래, …좋아. 내가 뭘 놓치고 있는 거지?" 달시가 물었다. "우리가 처음 토르를 만났을 때 쉴드가 이걸 압수해갔어. 일이 다 해결된 후에 화해하고 나서 나한테 다시 돌려줬어. 아마 아직 서랍에 있을 텐데."

"그들이 네 것과 똑같이 생긴 모조품을 만들어서 준 거야. 이게 진짜지. 산더미 같은 물건을 분류하면서 찾았어. 내가 너라면 그 가짜를 버릴 거야. 가짜 플레이어 안에는 추적 장치가 심어져 있어. 이걸 찾았을 때 너한테 말해주려고 했는데…."

달시가 코를 찡그렸다. "정말 산더미 같은…." 그녀는 후회할 뭔가를 말하기 전에 말을 멈추었다. "난 쉴드가 이걸 그냥 박스에 넣어서 창고에 넣어놨다는 걸 믿을 수가 없어. 완전 엉망이네."

"어쩌면 더 이상 네가 중요하지 않다고 생각했나 보지. 아니, 네가 중요하지 않다는 뜻이 아니야. 넌 과학자라고! 아니면, 아니지. 그건 아니지. 넌 과학자 비슷한 거지." 이안은 적절한 단어를 찾느라 애를 썼다. "토르 있잖아! 당시에는 토르 때문에 네가 엄청 중요했던 거야."

"됐어, 이제 그만해도 돼." 달시가 MP3 플레이어를 주머니에 넣으면서 말했다. "고마워, 어쨌든 자동차 여행에 유용하겠네."

이안이 길고, 깊게 숨을 들이쉬고 물었다. "뭘 찾는 중이야?"

달시는 그 질문에 어떻게 대답할지 고민했다. "안정감. 행복. 난 농장 뒷마당에서 같이 껴안고 놀 큰 강아지를 찾았으면 좋겠어. 아 그리고 농장. 농장도 갖고 싶어. 그거 말고 또 뭐가 있을까? 돈도 많이 주고 정치과학 학위를 제대로 써먹을 수 있는 직업도 있으면 좋겠네. *지금처럼 하기 싫은 일 말고.* 근데 알잖아…. 웃긴 소리처럼 들리겠지만, 난 사람들을 돕고 싶어. 그걸 정말 잘하고 싶다고. 난 거기서 커다란 만족감을 느껴. 꽤나 많이."

이안이 미소를 지었다. "아니. 뭘 찾으러 자동차 여행을 하냐고."

"아, 우주의 비밀. 어디에 있는지 알아?" 달시가 높은 톤으로 물었다.

"안젤리카가 에릭에게 뭘 주었든 실마리가 될 거라고 확신해." 이안은 이렇게 말하며 미소를 지었다. "달시, 넌 이미 사람들을 돕는 일을 잘하고 있어. 다만 한 가지만 더 말하자면 너 스스로를 돕는 방법을 찾았으면 좋겠어."

"고민해볼게." 방 안을 둘러보던 달시가 갑자기 소스라치게 놀랐다. "펠릭스는 어디 있지?"

시설의 다른 한쪽에 있는 시청각실에서는 셸빅이 제인의 영상 일기를 보기 위해 플래시 드라이브를 꽂고 자리를 잡고 있었다.

"박사님." 펠릭스가 갑자기 셸빅의 앞에 나타나 의자를 끌어 옆에 앉았다. "달시 누나의 전 남자친구가 여기에 일하고 있어요. 완전 책벌레처럼 생겼어요. 상황이 뭔가 이상해지는 것 같아서 도망 나왔어요. 같이 봐도 돼요?"

"그러자꾸나." 셸빅이 말했다. 그는 태블릿을 손에 들고 플레이 버튼을 눌렀다. "집중해서 보렴, 펠릭스. 이 이야기들이 내 임무의 실마리가 될 거야."

"우리 임무요." 펠릭스가 셀빅의 말을 정정했다.

제인 포스터 박사가 스크린에 모습을 드러냈다. 그녀는 푸엔테 안티구오에 있는 스미스 자동차 대리점의 매니저 사무실에 앉아 있었다. 긴장한 듯했지만 흥분한 표정이었다.

"반갑네, 친구." 셀빅이 혼잣말을 했다. "다시 보니 좋군."

"이거 영상통화 아닌 건 알고 계시죠?"

"*쉬잇!*" 셀빅은 검지를 입술에 갖다 대고 흔들며 단호하게 말했다.

펠릭스는 셀빅의 손짓을 보고는 입을 다물었다.

제인은 의자의 위치를 바꾸고는 이야기를 시작했다. "*이 영상은 제인 포스터 박사의 영상 일기로 뉴멕시코의 푸엔테 안티구오에서 발생된 사건에 대한 내용입니다. 저는 제인 포스터 박사입니다. 제 동료 에릭 셀빅 박사는 후대를 위해 이 사건들에 대한 기록을 남겨야 한다고 했고 그래서 이 영상을 녹화하고 있어요. 음 그리고 만일 누군가 이 영상을 본다면 아마 내가 죽고 없을 테니 너그럽게 봐줬으면 좋겠어요. 전 과학자이지 영상 블로거가 아니라 재미없을지도 모르니까요.*"

"역시 재미있는 친구야." 셀빅이 혼잣말로 중얼거렸다. "제인이 얼마나 웃긴지 잊고 있었네."

"혹시 두 분… 사귀던 사이예요? 예쁘네요." 펠릭스가 물었다.

셀빅이 불쾌한 표정으로 그를 노려봤다.

"입 다무는 중이에요."

"이제 본격적으로 시작할게요." 제인이 말했다. 그때 카메라 밖에서 핸드폰이 울렸고 그녀는 누구의 전화인지 확인하려고 몸을 숙였다. "아, 오랜 친구 돈 블레이크군요. 언제나 때와 장소를 못 가리고 전화하는 사람이죠. 못 본 척해야지. 다시 본론으로 들어갑시다. 저는 자기장 폭풍을 추적하면서 오로라에 대해서 연구해왔어요."

셀빅은 빨리 감기 버튼을 눌렀다. "제인은 현존하는 가장 똑똑한 사람임에 틀림없어. 하지만 누가 말리지 않으면 오로라가 얼마나 장관이고 아름다운지에 대해서 아마 몇 시간이고 이야기할 거야." 그는 참을성 있게 기다렸다가 제인이 오로라의 이야기를 멈췄을 때쯤 다시 재생을 시작했다. "여기쯤이려나?"

"—그리고 그건 정말이지 제 인생에서 봤던 가장 아름다운 광경이었어요. 놀라울 정도로 황홀했죠. 난 누가 말리지 않으면 오로라의 장대한 아름다움에 대해서 몇 시간이고 이야기할 거예요. 하지만 지금은 때가 아니군요." 제인은 웃으며 이렇게 말했다. "그나저나 자기장 폭풍은 푸엔테 안티구오에서 시작되었어요. 에릭 박사님은 이에 대해서 엄청나게 흥분하거나 감명을 받진 않았죠. 아직도 그 목소리가 귀에 생생해요. 자넨 천체물리학자이지, 폭풍을 쫓는 사람이 아니야! 사실 그날 우주에 대해 우리가 알고 있던 모든 것이 완전히 바뀌어버렸다는 점을 생각하면 웃긴 말이죠." 제인은 잠시 말을 멈추었다. 분명 그녀의 연구가 다음 단계로 넘어갔던 그때를 회상하고 있었을 것이다. 그녀는 감정을 떨쳐내고 다시 이야기로 돌아왔다. "우리가 푸엔테 안티구오에서 목격했던 것은 자기장 폭풍 이상의 것이었어요. 그건 바로 아인슈타인-로젠 다리, 즉 천둥의 신이 튀어나왔던 웜홀이었죠."

"이제 재미있는 부분이 시작되는군." 펠릭스가 두 손을 비비며 말했다.

"정말 깜짝 놀랄 일이었어요. 그 표현으로도 부족하죠. 토르는 덩치가 컸어요. 차의 앞유리를 박살내버렸죠. 그래서 달시는 기겁하고 박사님은 뭐…:"

"박사님은 그냥 뭐요?" 펠릭스가 소리쳤다. "토르 얘기잖아요, 네? 전 궁금해서 이성을 잃을 수도 있다고요."

셀빅은 펠릭스의 말을 무시했다. 그는 제인의 회상을 더 듣고 싶었다.

"내가 측정한 수치들은 통상적인 기준을 완전히 넘어서는 것들이었어요. 나는 모든 장비를 직접 만들려고 했고 그건 내가 생각했던 것보다 훨씬 힘들었죠. 미친 듯이 몰아치는 폭풍은 모든 장비를 고장내버렸어요. 또 폭풍은 땅에 처음 보는 모양의 원형 자국들을 남겼어요. 난 남아서 그 모양들을 연구하고 싶었지만 토르는 치료를 받아야 했기 때문에 병원으로 향했죠. 하지만 난 우리가 본 것이 아인슈타인-로젠 다리라는 걸 확실히 알 수 있었어요.

에릭 박사님은 동의하지 않았지만요. 박사님은 이의를 제기하는 걸 좋아해요. 그건 그냥 이론일 뿐이야, 제인! 마치 그게 문제라도 되는 것처럼요. 모든 건 어느 순간까지는 이론일 뿐이죠. 모든 것이요. 그리고 그 이론이 증명되는 거죠. 물론 박사님도 알고 있어요. 하지만 어쩌면 자연의 이면에 숨겨진 진실을 드러내는 것이 두려웠는지도 몰라요."

펠릭스는 태블릿을 빼앗아 영상을 멈추었다.

"우리 잠시만 아인슈타인-로젠 다리에 대해서 이야기하면 안 돼요? 포스터 박사님은 그 다리에 대해서 기사를 쓴 적이 있어요. 도서관에서 읽은 과학 저널에서 봤다고요. 복사도 해놨어요. 아무튼, 포스터 박사님은 토르가 그 웜홀을 통해서 지구로 온다고 말했다고 했어요. 무지개다리나 바이프로스트처럼요. 그런데 제가 궁금한 건—"

셀빅이 펠릭스에게서 태블릿을 낚아채며 말했다. "펠릭스, 이 기록을 끝까지 보고 완벽하게 흡수하는 게 엄청 중요하단다." 그는 다시 플레이 버튼을 눌렀고 좌절한 펠릭스는 실망한 표정으로 중얼거리며 의자에 몸을 파묻었다.

"난 토르와 이야기해야 했어요. 당연하죠. 데이터, 논문, 수치 기록. 그것들은 그저 이야기의 일부분일 뿐이었어요. 맥락을 알길 원했죠. 일단 그 사람이 폭풍에 휘말린 것이 아니라 그 안에 있었고 내부를 경험했다는 것을 알게 되자 우리는 곧바로 병원으로 달려

갔어요. 하지만 토르는 병원을 떠나고 없었죠. 내 가장 중요한 증거가 사라져버린 거예요. 결국 우리는 다시 만났어요. 하지만 그 사이에 쉴드가 내 장비들을 모두 압수해버렸죠. 콜슨 요원은 보안에 위협이 된다고 말했는데 정말 어이가 없었어요. 감사하게도 토르가 내 일기를 되찾아줬어요."

셀빅이 자신의 이야기를 하려고 영상을 멈추었다.

"토르를 구한 건 *나*였어." 그는 자랑스럽게 말했다. 목소리에는 기쁨이 넘쳐흘렀다. "정말 흥분되는 경험이었지. 토르는 자신을 잡으려는 사람들을 속이려고 제인의 남자친구인 척을 했어. 우리는 모든 걸 계획했지. 내가 신분증까지 위조해서 줬다니까. 난 내가 뭘 하고 있는지조차 몰랐어. 그래서 짜릿했던 거지. 토르와 난 어느 날 밤에 친해졌는데 그때 우리가 했던 대화들을 기억하고 있어. 다소 …잊어버린 부분도 있지만 말이야."

"신과 이야기한다는 건 어떤 느낌이에요? 기분 나쁘게 하려는 건 아닌데, 토르 같은 존재한테는 박사님도 그냥 멍청한 동물이 아닌가 해서요."

"아니, 아니. 절대 아니야. 토르는 인간을 그런 식으로 보지 않아. 적어도 더 이상은 안 그래. 당시에는 토르도 자신이 가야 할 길에 대해서 확신하지 못했어. 하지만 자신의 길을 찾는 사람이라면 모든 해답을 알지 못한다는 사실을 인정하는 것부터 시작해야 하지. 핵심은 제대로 된 질문을 던지는 거야."

"전 토리를 더 듣고 싶어요. 토르 스토리요! 알아들으셨죠?"

셸빅은 펠릭스를 데리고 오길 잘했다고 생각했다. 펠릭스의 농담을 들으면 기분이 좋아졌다. 셸빅에게는 가벼운 순간들이 필요했다. 셸빅은 제인의 회상을 듣고 자신이 멘토로서 좀 더 힘이 되어주었어야 했는데 그렇지 못했다고 생각했다. 그는 이런 생각에 마음이 무거웠다. "제인은 토르야말로 우리가 추적하던 미스터리에 대한 해답이라고 믿었어. 반면 *나는* 토르가 위험하다고 생각했지. 제인은 쉴드의 뒤를 쫓고 싶어 했어. 하지만 *내가* 그녀를 말렸던 거야. 제인을 *믿었어야* 했어. 아무 의심 없이 *지지해줬어야* 했는데. 하지만 나는 고대 스칸디나비아 신화, 그 모든 판타지들을 어린애들이나 좋아하는 유치한 이야기로 치부해버렸지. 전자기 폭풍이 휘몰아치는 상황은 쉽게 설명할 수 있어. 그런데 하늘에 있는 신은? 말도 안 되는 이야기지. 난 제인에게 우리가 해야 할 일은 과학자로서 모든 가능성과 모든 대안을 쫓는 거라고 말하곤 했지. 사실 그녀는 정확히 그렇게 했던 거야! 그런데도 난 여전히 제인을 완전히 믿지 못했지. 내가 마법이라고 생각했던 것을 논리적으로 이해하려고 안간힘을 쓸 수 없었던 거야."

"아서 C. 클라크는 '마법은 그저 우리가 아직 이해하지 못한 과학일 뿐이다.'라고 했어요. 아마 박사님은 이미 알고 계시겠지만요." 펠릭스는 셸빅의 어깨를 천천히 세 번 두드리며 애정을 어색하게 표현했다. "힘내세요, 박사님. 모두 지난 일이잖아요. 팬히 마음 쓰지 마세요. 비디오를 봐야죠. 우리가 원하는 게 있는지 알아보고 앞으로 나아가야 하니까요."

셀빅은 천천히 고개를 끄덕였다. "그래. 그래, 그래. 그렇게 해야지. 우리가 찾는 정보가 있을 거야. 준비를 하자." 그는 플레이 버튼을 눌렀다.

제인은 미소를 짓고 있었다. "토르가 애완동물 가게에서 말을 사려고 했던 일을 생각하니 아직도 웃음이 나네요. 그 사람은 나를 멍청한 인간이라 생각할 수도 있었어요. 신은 그럴 거라고 생각했거든요. 하지만 토르는 그렇지 않았어요. 내가 사는 세상을 열린 마음으로 받아들이고 내가 자신을 편안하게 느낄 수 있도록 시간을 줬어요. 그 보답으로 내가 뭘 했을까요? 난 계속해서 토르를 차로 들이받았어요. 그이의 말도 들어보지 않고요. 아홉 왕국에 대해서 토르가 했던 설명들은… 난 그렇게 놀라운 이야기는 처음 들어봤어요. 하나도 믿을 수가 없었죠. 내겐 아인슈타인-로젠 다리가 존재한다는 증거가 있었어요. 하지만 반대 의견을 뿌리칠 정도로 확실하게 증명할 순 없었죠. 이런 상황에서 나를 믿으라고 학계를 설득하는 것은… 결코 쉬운 일이 아니었어요."

"맞아. 과학계는 정말 변덕스럽다고 할 수 있지. 과학적인 상상은 아주 순식간에 과학적 사실이 되었어. 제인은 완전히 새로운 영역을 개척했지만 고집 센 문지기들은 그걸 어떻게 받아들일지 몰랐던 거야."

"저희 부모님은 언제나 믿음을 갖고 계셨어요. 그러니까 분명 다른 행성에 생명체가 있을 거라고요. 어느 편협한 멍청이가 지구만 생명이 창조되는 조건을 갖고 있고, 전 우주에서 유일하게 생명이 존재하는 곳이라고 생각하겠어요?" 펠릭스가 어깨를 으쓱했다. "그나저나 토르와 어벤져스가 뉴욕에 처음 나타났던 때가 생각나요. 정말 놀라웠어요. 그리고 모든 것이 바뀌었죠. 그들은 *정말 대단해요*. 전 세계가 어벤져스에 집중했잖아요. 전 슈가밤 시리얼 한 바가지를 들고 TV 앞에 앉아서 며칠이고 뉴스를 봤어요. 빨간 식탁보를 두르고 엄마의 낡은 전화선을 들고 이웃들한테 뛰어가서 '나는 천둥의 신이다!'라고 외쳐댔죠. *아, 다시 어린 시절로 돌아가고 싶어요*."

셸빅이 웃음을 터뜨렸다.

"왜요?! 전 *어린애였다고요*. 지금보다는 그렇잖아요. 전 그때에도 아직 미지의 세계가 연구해야 할 새로운 생물학적 대상이라는 걸 알고 있었어요."

셸빅은 그 시절의 흥분을 회상하는 듯이 손가락을 만지작거렸다. "그동안 천국에 대한 인류의 생각을 완전히 새롭게 형성한 사건들이 일어났지. 저 사건은 그중에서도 가장 처음에 일어났던 일이었어. 하지만 우린 아직 배울 것들이 많이 남아 있지!" 셸빅은 영상을 틀었다.

제인은 신이 난 것 같았다. "*토르가 지구에 갇혀 있는 동안 아*

스가르드는 혼란에 휩싸였어요. 토르의 동생 로키는 왕좌를 차지
하려고 했죠. 그래서 토르의 친구들인 '워리어즈 쓰리'가 혼란을
해결하고자 그이를 데려가려고 했어요. 그들은 어떻게 지구로 왔
을까요? 바로 아인슈타인-로젠 다리를 통해서죠! 아스가르드에
서는 바이프로스트라고 불러요. 하지만 제가 붙인 이름이 제 이
론을 증명하는 데 더 도움이 되었죠." 제인은 어깨를 으쓱하면
서 카메라를 보며 장난스러운 표정으로 웃었다. "보자, 지구로 왔
던 이들은 펜드럴, 호건, 볼스탁, 레이디 시프였어요." 제인이 잠시
말을 멈추었다. 뭔가 헷갈리는 부분이 있는 것처럼 보였다. "분명
네 명이었는데, 세 명이 아니라. 흠. 제 생각엔 레이디 시프는 독자
적으로 분류하는 것 같아요. 사실 그 이유가 뭔지 알겠어요. 그녀
가 싸우는 걸 봤으니까요. 레이디 시프는 의심의 여지없이 내가 만
난 여성 중 가장 강했어요. 그건 확실해요. 아무튼 로키는 토르를
완전히 죽여서 없애버리기 위해서 디스트로이어라는 기계를 보냈
어요. 명심해야 해요. 토르는 당시에 능력을 완전히 잃었다는 것을
요. 망치도 없었죠. 달시는 그 망치를 묘묘라고 부르곤 했어요."

"묘묘?!" 펠릭스가 말했다. "묠니르 보고 묘묘라고 했다는 거
예요? 세상에. 말도 안 돼. 용납할 수 없어. 세상에 존재하는 가
장 위대한 무기를 묘묘라고 부를 순 없는 거죠! 아니면 완전히
다른 뭔가를 묘묘라고 한 거 아니에요? 뭔지 알고 싶지도 않지
만."

"내가 들어도 말도 안 되는 이야기 같지만, 이건 실제로 벌어졌던 일이에요." 제인의 이야기는 거의 막바지에 이르렀다. "토르는 모든 것을 파괴하도록 만들어진 디스트로이어에 맞섰어요. 푸엔테 안티구오가 파괴될 위기에 처했죠. 로키는 아스가르드에서 이 모든 것을 보고 있었어요. 그래서 토르가 동생에게 애원했죠. '날 죽이고 이 모든 걸 끝내!' 맞아요, 디스트로이어는 정확히 그렇게 했어요. 디스트로이어는 토르를 죽였죠. 우린 모두 그렇다고 생각했어요. 인정하기 부끄럽지만 난 너무 슬퍼서 완전히 엉망이었어요. 만난 지 얼마 되지 않은 사람인데도 쓰러진 토르를 붙잡고 엉엉 울었죠. 하지만 그 사람이 날 그렇게 만든 거예요, 됐죠? 내가 토르의 안위를 걱정한 게 사과할 일은 아닌 것 같아요. 상관없어요, 토르가 다시 살아났으니까! 토르의 망치는 주인이 곤경에 빠진 걸 어떻게 느꼈는지 마침내 그에게 돌아왔어요. 그다음에는 토르가 되살아나 당당한 전사의 모습을 되찾았죠. 그리고 디스트로이어를 박살내버렸어요. 쉴드는 상황이 바뀌자 그 상황에 맞게 행동하는 것 말고는 선택의 여지가 없었어요. 토르는 그들에게 내 장비를 모두 돌려주라고 했죠. 콜슨은 내가 연구를 계속하기를 원했고 그게 장비를 돌려주는 조건이었어요. 토르는… 그는 아스가르드로 떠나면서 다시 돌아오겠다고 약속했죠. 난 그를 믿었고요. 나는…" 제인은 그 당시의 생각들을 가다듬는 것처럼 보였다. "난 내 자원을 늘리려고 해요. 밝혀낸 것들을 출간하고 과학계에게 이것이 그저 시작일 뿐이란 걸 확실히 이해시키려고요. 우주의 힘이 깨어났어요. 그리고 난 새로운 미스터리를 풀 해답을 찾는 일을 절대 포기하지 않을 거예요. 이상으로 제인 포스터 박사의 첫 번째 영상 일기를 마칩니다. 봐주셔서 감사해요."

셀빅은 빈 화면을 계속해서 바라보았다. 제인의 얼굴을 보고 그녀의 생각을 듣자 내면 깊은 곳에 있는 무언가가 움직였다. 셀빅은 지난 몇 달간 잃어버렸던 믿음을 천천히 되찾고 있었다. 에너지와 생기가 느껴졌다.

"묠니르를 테스트해본 적 있어요?" 펠릭스가 물었다. "제대로 된 장비만 있으면 한 달 안에 묠니르와 완전히 똑같은 망치를 만들 자신이 있어요. 내기할래요?"

"안됐지만 그건 불가능하단다. 제인의 이야기를 통해서 그런 사건들을 되새기는 것은 내 연구에 도움이 되긴 하겠지만 이런 회상은 내가 찾던 것이 아니야." 그는 태블릿을 들고 다음 비디오를 클릭했다. "다음 일기가 도움이 되어야만 해."

제인은 쉴드의 시설에 있는 것 같았다. 그녀는 말없이 먼 곳을 응시하고 있었다. "나는 제인 포스터 박사예요. 또요. 이제 에테르에 대해 이야기할 때인 것 같군요."

Chapter

4

셸빅은 에테르에 대한 제인의 회상을 듣기 위해 참을성 있게 기다려왔다. 전에도 제인에게 들은 적이 있긴 했지만 그건 객관적이고 냉정한 설명이었다. 셸빅은 제인의 개인적이고 사적인 회고에서 탐험에 도움이 되는 새로운 정보를 얻을 수 있길 바랐다.

"마음의 준비를 하는 게 좋을 거야, 펠릭스. 에테르는 무자비한 자연의 폭력적인 힘을 갖고 있어. 이런 내용을 알게 되면 평정심을 잃을지도 몰라." 셸빅이 경고했다. "넌 이제 곧 우주의 비밀을 알게 될 거야, 꼬마야. 겁먹지 마."

펠릭스가 코웃음을 쳤다. "제가 무서워하는 것 같아요?" 셸빅은 그를 노려보았다. "입 다무는 중이에요."

제인은 천천히 숨을 내쉬었다. *"에릭 셸빅이 옷을 완전히 벗은 채로 스톤헨지를 뛰어다니는 모습이 온갖 국제적인 뉴스 채널에 등장했다고 상상해봐요."* 그녀가 말했다. *"그 일이 어떻게 시작되었을 것 같아요?"*

셸빅은 태블릿을 찾으려고 손을 더듬었다. "이건 들을 필요가 없겠군." 그는 이렇게 말하며 영상을 빨리 돌렸다. "보자… 그냥… 우리는… 여기부터 보면 될 것 같구나."

펠릭스는 자신의 팔을 꼬집으며 터져 나오는 웃음을 참았다.

"난 개인적인 이야기를 하려고 해요. 에테르에 대해 이야기하기

위해서는 다른 방법이 없네요. 내 연구와 내 연애사는 겹치는 부분이 많아요. 그렇다고 내가 전문적인 객관성을 유지하지 못한다는 뜻이 아니에요. 아인슈타인-로젠 다리의 발견은 수백만 개의 문을 연 것과 마찬가지였어요. 나는 내 연구를 쉴드와 공유했고 그들은 그 대가로 지구에서 아스가르드로 향하는 포털을 만들도록 도왔어요. 물론 성공하지는 못했어요. 그동안 나는 토르의 생사조차 모르고 있었죠. 그이는 돌아온다고 약속했지만… 아무런 연락이 없었어요." 제인은 기억을 꺼내는 것이 힘들어보였다. "그리고 알게 된 사실이 에릭 셀빅 박사가 로키에게 납치되어 텔레파시로 조종당하고 있다는 거였어요. 달시와 나는 쉴드한테 끌려가서 트롬쇠에 갇혀 있었어요. 영문도 모른 채 말이에요. '우리의 안전'을 위해서라고 하더군요. 그들은 어떤 정보도 주지 않고 아무것도 알려주지 않았어요. 뉴욕은 외계인들의 침공을 받고 있는데 우리를 관리하는 사람들은 우리가 그저 가만히 있기를 바랐죠. 마치 별일이 아니라는 듯이요. 하지만 그건 엄청난 사건이었잖아요. 어벤져스는 지구를 구했어요. 사태가 끝난 후에 난 토르가 지구에 머물기를 바랐지만… 글쎄요. 그이는 아무런 말도 없이 아스가르드로 돌아가버렸어요…."

"너무하네. 신에게 유령 취급을 당하다니. 너무 힘든 일이야." 펠릭스가 말했다. "그 에테르 얘기는 언제부터 나와요?"

"좀 기다려 봐." 셀빅이 그를 안심시켰다.

제인은 단호하게 말했다. "다음으로 넘어갈게요. 내게 연구는 세상에서 가장 중요한 거예요. 날 현실적인 세상에 머무르도록 해 주죠. 난 셀빅 박사님이 갑자기 발생한 일련의 중력 이상을 조사하자고 런던으로 초대했을 때 정말 감사했어요. 그분은 많은 일을 겪었죠. 도와주고 싶었어요. 달시도 마찬가지였고요. 팀이 다시 뭉치기로 한 거죠! 단지 내가 런던에 도착하기 전에 박사님이 사라져버린 것만 빼고요."

"박사님도 제인을 유령 취급한 거예요? 맙소사." 펠릭스가 말했다. "그건 꽤 잔인한 짓인데요. 박사님."

셀빅이 일시정지 버튼을 눌렀다. "난 제정신이 아니었어." 그는 당황하며 말했다. "로키의 창이 날 완전히 지배했어. 난 내 뇌 속에 갇혀 있었던 거야. 지옥같이 끔찍했지. 로키는 지구를 파괴하기 위해 내 재능을 이용했다고. 그게 어떤 기분인지 넌 절대 이해 못할 거야!"

펠릭스는 셀빅의 반응이 어색한 듯이 자세를 바로잡았다. "맞아요. 전 몰라요. 멍청한 농담을 해서 죄송해요, 박사님. 언짢게 하려던 건 아니었어요."

"난— 난—" 셀빅이 말을 더듬었다. 그는 감정을 조절하지 못하고 분출한 것이 부끄러웠다. "그렇게 화내려던 건 아니었어. 때로는 오래된 상처가 생생하게 느껴질 때가 있거든. 상처가 아물려면 시간이 굉장히 오래 걸린다는 걸 느끼고 있단다. 흔히 고군

분투한다고 표현하잖아, 그거 진짜야." 그는 방 안을 걸어 다녔다. "난 정신병원에도 들어갔어. 제인이 말했던 내가 *사라졌던* 때가 바로 그때야. 달시와 이안이 어려움을 겪고 있던 나를 구해서 다시 연구를 시작하게 도와줬어. 그거야말로 정말 내게 필요한 도움이었지."

"잠깐만요, 이안? 여기서 일하는 그 이상한 사람이잖아요. 달시 누나는 지금 그 사람이랑 얘기하고 있어요."

셀빅은 좀 전에 펠릭스가 말했던 전 남자친구가 이안이라는 것을 모르고 있었다. "흠. 우리가 그것까지 신경 쓸 필요는 없을 것 같구나. 할 일을 계속해야 할 때야. 에테르가 기다리고 있어." 그는 플레이 버튼을 누르고 자리에 앉았다.

"우리는 놀라운 돌파구를 향해 가고 있었어요. 내 위상 측정기가 흥미로운 전자기의 방출을 포착했죠. 달시와 인턴인 이안 그리고 나는 그 신호를 따라 런던의 버려진 창고로 갔고 기이한 현상들을 목격했어요. 어디로 향하는지 알 수 없는 작은 웜홀이 열려있었죠. 물리 법칙은 깨졌고 중력도 바뀌어 있었죠. 모든 것이 통제된 환경 속에 있었어요. 내 위상 측정기가 미친 듯이 움직였어요. 뉴멕시코에서 말고는 이런 수치를 본 적이 없었어요. 언제나 과학적 진실을 찾기 위해 사태를 객관적으로 바라보려고 했는데 내가 우주의 가장 파괴적인 힘과 직접 대면할 줄은 전혀 몰랐죠."

"이제 시작이구나." 펠릭스는 기대에 가득 찬 표정으로 말했다.

"웜홀 중 하나가 나를 다크 네더월드처럼 생긴 곳으로 데려갔는 데 완전 무시무시했어요." 제인이 잠시 말을 멈추었다. "어디인지 도 모르고 집으로 어떻게 가는지도 모른 채 낯선 곳에서 혼자 있 다는 건… 내가 세상에서 제일 싫어하는 사람한테도 일어나지 않 길 바라는 일이에요. 공황 상태가 지나간 후에 나는 이… 존재를 담고 있는 보관함이 되어버렸어요. 나에게 소리치며 소용돌이치 는 붉은 증기. 그건 악마 같았어요. 내가 가까이 다가가면 마치 전 염병처럼 날 공격했어요. 하지만 내 몸에서 꺼낼 수가 없었죠. 그 리고 어느 순간 정신을 차리자 난 다시 지구로 돌아와 있었어요. 달시는 내가 사라졌던 사이 경찰을 불렀는데 당시에는 정말 화가 났죠. 쉴드의 개입과 간섭 없이 안정적으로 중력 이상을 연구 할 수 있는 기회가 흔한 일은 아니었거든요. 아 그리고 토르가 나 타났어요. 당연히 그래야죠. 그런데 경찰이 나를 연행하려고 했을 때 붉은 어두컴컴한 저승세계의 전염병이 갑자기 내 몸에서 튀어 나온 거예요." 제인은 스스로의 이야기를 믿지 못하겠다는 듯이 고개를 흔들었다. "그건 겨우 시작일 뿐이었죠."

셀빅은 격분해서 말했다. "집중해야 해, 펠릭스. 이 이야기가 끝나면 의논할 거리가 많을 거야."

"지구의 기술로는 이 문제를 해결할 수 없었기에 토르는 나 를 아스가르드로 데리고 갔어요. 그때 바이프로스트를 타게 되 었죠. 맞아요, 아인슈타인-로젠 다리라고 불러야 한다는 거 알고 있어요." 제인은 흥분했는지 들뜬 목소리로 말했다. "바이프로스트를 타는 건 신나면서도 믿을 수 없는 일이었어요. 난 과학자이지만 여전히 그런 마법 같은 일에 깊은 인상을 받았어요."

"신난 것 같은데." 셀빅이 씩 웃었다. "안타깝게도 오래가진 못했지."

"아스가르드의 의사들이 나를 '영혼 화덕'이라는 걸로 검진했어요. 그건 사실 양자장 생성기였어요. 그런데 '영혼 화덕'이라는 이름을 붙이다니 너무 웃기지 않아요? 아무튼 오딘은 내가 아스가르드에 온 것이 못마땅했죠. 그저 미천한 인간일 뿐이었으니까요. 왕의 호위대가 나를 잡으려고 하자 붉은 감염체가 그들을 공격했어요. 오딘은 그 모습을 보고 나와 내 고통에 대해서 다시 생각하게 되었어요. 그 붉은 연기의 이름을 알고 있었어요. 에테르였죠. 오딘은 에테르가 무한한 파괴를 가져올 거라고 했어요. 그리고 숙주의 몸에 들어가 영혼을 삼켜버린다고 했죠. 나는 나중에야 이것이 특별한 여섯 개의 거대한 힘 중 하나라는 것을 알게 되었지만 아무도 내 몸에서 에테르를 제거하지는 못했어요."

"여섯 개의 거대한 힘이라." 셀빅이 짧게 말했다. "내가 그걸 경험했다니 믿기지가 않는군…."

"오딘은 고대 다크 엘프의 지도자 말레키스가 세상을 정복하기 위해 에테르를 사용했다고 했어요. 에테르는 말레키스가 보르 왕과 아스가르드의 힘에 대항할 수 있는 궁극의 무기였죠. 아홉 왕국이 힘을 모으고 전투가 격렬해지면서 말레키스는 에테르의 잠재력을 최대한 발휘하려고 했지만 아스가르드인들이 그걸 막았어요. 아스가르드는 말레키스를 막았죠, 적어도 그랬다고 생각했어요. 하지만 사실 누구도 찾을 수 없는 곳에 에테르를 묻어버리자 말레키스는 잠시 동면에 들어갔던 거예요." 제인은 살짝 미소를 지었다. "참 운도 좋았죠. 에테르가 다시 깨어나자 말레키스와 다크 엘프도 깨어났으니까요. 컨버전스 현상이 시작되기에는 완벽한 타이밍이었죠…."

셀빅은 눈을 반짝이며 재빨리 비디오를 멈추었다.

"펠릭스, 받아 적어라. 우주에는 아홉 왕국이 있단다. 아스가르드, 요툰헤임, 스바르탈프헤임, 바나헤임, 니다벨리르, 니플헤임, 무스펠헤임, 알프헤임 그리고 지구라 알려진 미드가르드. 오천 년마다 아홉 왕국이 재배열되는 컨버전스 현상이 생기는데 그때 온갖 기이한 현상들이 일어나지. 중력이 팽창하기도 해! 빛과 암흑의 물질이 충돌하기도 한다고!"

"말도 안 돼요." 펠릭스가 미심쩍은 표정으로 볼을 문질렀다. "이론적으로, 진원지를 정확히 찾아내면 그런 현상들을 안정시킬 수 있지 않아요?"

"날카로운 지적이야!" 셀빅이 소리쳤다. "정확히 그것 때문에 내가 중력 스파이크를 만들었지. 계속 보자고." 그는 영상을 다시 틀었다.

"말레키스는 에테르를 찾으러 왔어요. 말레키스는 아스가르드를 공격했고 그 와중에 토르의 어머니 프리가가 세상을 떠나고 말았죠. 나는 처음으로, 마지막이 되길 바라지만, 아스가르드의 장례식을 봤어요. 사람들은 우주 저 멀리서 존경심을 표하기 위해 찾아왔어요. 정말 감동적이었어요. 너무나 아름답고 인상적이었죠…." 제인은 말끝을 흐렸다. "프리가의 영혼이 영원하기를 바라는 의식이었어요."

셀빅이 미소를 지으며 나지막하게 말했다. "프리가. 옛날 이야기에 나오는 그대로군."

제인은 이 이야기를 들려주려 노력했던 것이 분명했다. 그녀는 할 수 있는 모든 걸 했던 것이다.

"그래서! 말레키스는 에테르를 손에 넣지 못했어요. 작은 승리를 축하했지만, 나는 여전히 아스가르드에 머물러야 했고 고통에 시달려야 했어요. 에테르는 내 감각을 통제했고 마치 천둥이 치는 것 같은 거대한 혼란을 겪어야 했어요. 난 그 힘에 중독되었어요. 끔찍한 경험이었죠. 몸과 마음, 영혼을 비롯한 모든 부분에서 그 힘이 느껴졌어요. 난 죽어가고 있었어요."

셀빅은 배에 구멍이 난 기분이었다. "제인과 나는 오랜 세월 동안 동료로 지냈어. 예전에 제인의 아버지와 나는 컬버 대학에서 십수 년 간 학생들을 가르쳤지. 난 동료가 세상을 떠난 뒤 언제나 제인을 지지해주겠다고 맹세했어. 때로는 그런 기분이 드는구나. 마치 내가—"셀빅은 문장을 마무리하지 못했다. 그는 말을 내뱉으면 그것이 현실이 될까 두려웠다.

"난 제인의 연구를 오랫동안 봐왔어. 거의 평생을 지켜봤다고 할 수 있지. 그런데 어떻게 제인이 이런 힘든 일을 겪었다는 걸 까맣게 몰랐을 수가 있지? 이건 말도 안 돼." 셀빅은 고개를 저으며 말했다.

제인은 한계에 다다른 것 같았다. "좋아요, 근데 이 연대기를 끝내야 한다는 건 알겠는데, 솔직히 너무 지치네요. 토르, 로키와 함께 아스가르드를 탈출해서 말레키스와 싸운 내용도 있어요. 아직도 로키의 능글맞은 미소가 눈에 선하네요. 로키는 에테르의 힘을 너무나 갖고 싶어 했어요. 마치 자신이 에테르를 다룰 수 있는 것처럼 말이에요. 우리는 스바르탈프헤임에서 결전을 벌였는데, 온갖 속임수가 난무했어요. 말레키스는 에테르를 내 몸에서 빼내어 자신의 몸에 흡수시켰죠. 그러자 고통이 사라졌어요. 다시 살 것 같았죠. 난 그걸로 모든 것이 끝나기를 바랐어요. 하지만 끝이 아니었죠. 얼마 지나지 않아 우주의 컨버전스 현상이 일어났어요. 말레키스는 토르와 내가 스바르탈프헤임에 갇혀 있는 동안 지구로 향했죠. 우리는 포탈을 발견해서 최대한 빨리 그곳을 탈출했어요. 시간이 없었어요. 말레키스는 아홉 왕국이 일렬로 정렬될 때 에테르를 발화시킬 생각이었죠. 그 때문에 일어날 끔찍한 피해는 단

하나만이 막아낼 수 있었어요. 바로 과학이죠!" 그녀는 잠시 생각에 잠겼다가 자세를 바꾸었다. "사실 단 하나가 아니에요. 둘이었죠. 과학과 에릭 셀빅이 막아냈어요."

펠릭스는 흥분해서 말했다. "전설의 현재 상태, 봉인 해제."

"에릭 박사님은 컨버전스 현상의 진원지가 영국의 그리니치라는 것을 정확히 알아냈어요. 그래서 토르와 내가 그곳으로 향할 수 있었죠. 중력 이상에 대한 박사님의 훌륭한 연구와 그의 중력 스파이크가 아니었다면 우리가 에테르를 막아낼 수 있었을지 모르겠어요. 세계를 나누고 있던 벽이 무너지고 있었어요. 중력은 빠른 속도로 커졌다가 작아지고 있었죠. 물리 법칙은 이미 깨지고 없었어요. 공간 압출에 대해서 설명하게 하진 마세요. 실체는 갈가리 찢어지고 있었고 그때 에릭 셀빅이 우리를 구하러 왔어요. 달시와 이안도 함께였죠. 아 참, 요툰헤임의 거대한 괴물도 포털을 통해 지구로 왔다는 사실을 잠시 잊고 있었네요." 그녀는 흩어지는 집중력을 다잡았다. "정신 차려, 포스터."

"요툰헤임의 괴물!" 펠릭스가 소리쳤다. "여기에 북마크 하는 중이에요."

"말레키스가 곧 도착했고 우리는 중력 스파이크를 설치하고 그들과 싸울 준비를 했죠. 중력 스파이크는 중력의 변화를 감지하도록 설계되었는데 몇 가지 기능을 추가해서 중력을 증가시키는 데에도 사용할 수 있어요. 우주들 사이의 연약한 지점을 이용해서 중력 이상을 일으켜 다크 엘프들을 이동시키는 거죠. 어디로든요. 토르는 말레키스를 무찌르고 에테르를 갖고 아스가르드로 돌아갔어요. 그곳에서 안전하게 보관하려고요." 제인이 말하는 속도가 느려졌다. "하지만 에테르는 날 바꿔놓았어요. 신체적으로요. 에테르는 내 육신을 침범했어요. 내 본질과 내 영혼까지도. 나는 치유를 위해 어디론가 떠나야 했지만 마지막으로 해야 할 일이 있었죠. 가슴속에서 털어버려야 할 무언가…." 제인은 말하기를 주저했다. "이 이야기는 다음을 위해 남겨놓아야겠네요."

영상은 이렇게 끝났고 셀빅은 입을 다물지 못했다.

"이게 뭐야? 이렇게 끝날 수는 없지! 제인은 에테르가 여섯 개의 거대한 힘 중 하나라고 했어. 우린 아직 나머지 다섯 개가 뭔지 못 들었는데. 그에 대한 정보가 있는 비디오가 더 있을 거야. 그런데 안젤리카는 두 개밖에 없다고 했어!" 그는 태블릿을 들고 미친 듯이 버튼을 눌렀다.

"박사님, 그러지 마세요. 자포자기한 것처럼 보여요." 펠릭스가 걱정스럽게 말했다. 그는 셀빅에게서 태블릿을 받아 들고 빠른 속도로 버튼들을 누르기 시작했다. "전 기어 다닐 때부터 해킹을 했거든요." 그리고 마침내 암호화된 데이터를 풀어서 셀빅에게 건넸다. "감사 인사는 안 하셔도 돼요." 곧 또 다른 영상이 재생되었다.

모니터 속의 제인은 휴식을 취한 듯 건강해 보였다.

"또 만났네요. 이건 내 자료들을 안젤리카 탄에게 넘겨주기 전 마지막 일기가 될 거예요. 기록으로 남길 게 몇 가지 더 있어요. 토르에 대해서죠."

"어어." 펠릭스가 침을 꿀꺽 삼켰다. "뭔가 느낌이 안 좋은데."

"난 우리가 함께 해왔던 일들이 자랑스러워요. 우린 할 수 있는 최선을 다했어요. 토요일 밤에 레스토랑에서 데이트를 하고 클럽에 가길 바랐냐고요? 당연히 아니죠. 그런 건 바라지도 않았어요. 진실을 말하자면 토르와 나는 다른 길을 가고 있었고 다른 기대를 하고 있었다는 거예요. 우리는 서로를 많이 아꼈어요. 하지만…." 제인은 말을 멈추었다. "우리는 함께 하지 못할 운명이었어요. 이게 내가 할 수 있는 가장 명확한 설명이에요."

그녀는 다시 말을 멈추었다.

"내 마음 속에는 다른 무언가가 있었어요. 아직 조사를 완전히 끝내지 못한 문제였죠. 아스가르드에 있는 동안, 나는 오딘의 도서관을 훑어보았고 강력한 아이템들에 대한 책을 발견했어요. 그것들을 한데 모으면 우주를 통제할 수 있다는 거였어요. 당시에는 그게 그냥 소설이라고 여겼는데, 나중에는 우리 모두가 큰 위험에 처해 있다는 확신을 하게 됐어요…."

시청각실의 문이 거세게 열리고 안젤리카 탄이 언짢은 표정으로 들어왔다.

"내가 뭐라고 했지?!" 그녀는 크게 소리쳤다.

셀빅은 화면을 가리려 안간힘을 썼다. "안젤리카, 기록이 완벽하지 않아서 그랬어! 날 이해해줘." 그는 애원했다. *"기록이 완벽하지 않아서 그랬던 거야."*

탄은 플래시 드라이브를 소켓에서 확 잡아당기고 태블릿을 빼앗았다. "이제 떠날 시간이야, 에릭." 그녀는 셀빅을 바라보며 이렇게 말했다. 탄의 눈에는 실망이 가득했다.

"미스 탄?" 펠릭스가 수줍게 말했다.

"탄 박사님이야…"

펠릭스가 예의 바르게 고개를 끄덕이며 부끄러운 듯이 말했다. "탄 박사님, 박사님은 결과에 너무 집중한 나머지 그 주장을 증명하기 위해서 뭐든지 하실 거예요. 그리고 그렇게 한다면 어떤 일이 일어날지도 잘 아실 거라 생각해요. 그게 암호를 푸는 것이라 할지라도요."

탄은 손바닥을 들어 충분히 들었다는 뜻을 보였다. "그럴 듯한 말로 모면할 생각은 하지 마, 꼬마야. 난 코드를 풀지 못할 거라 생각했다. 네가 해킹한 건 꽤 놀랍긴 하지만 짜증스럽기도 해." 탄은 셀빅에게로 돌아섰다. "에릭, 당신이 그동안 힘든 일을 많이 겪었고 치료가 쉽지 않다는 건 알겠어. 이 일에서 물러나 있어, 친구로서 얘기하는 거야. 명석함을 되찾아. 그게 필요해."

"도와줘서 고마워, 안젤리카. 당신의 믿음을 악용한 건 사과

할게."

탄은 씩 웃었다. "처음도 아닌걸. 다시는 그런 실수를 반복하지 않을 거지? 하지만 이제 가야 해." 그녀는 펠릭스와 셀빅을 출구로 안내했다. 그들은 걸으며 얘기를 나눴다. "이제 어디로 갈 거지?"

셀빅은 눈을 가늘게 뜨며 어색한 표정을 지었다. 그는 정확한 목적지를 밝히길 주저했다.

"좋아! 말 안 해도 돼. 나도 누가 큰일을 꾸미고 있는지 얘기하지 않겠어. 당신은 분명 궁금하겠지만."

"그게 무슨 뜻이야?" 셀빅이 물었다.

"무슨 뜻이라고 *생각해?!*" 탄이 쏘아 붙였다.

셀빅은 알고 싶었다. 그래서 그들이 어디로 향해야 할지 알리고 싶었다. "아노키." 그는 불쑥 말을 꺼냈다.

"아하하하하하!" 탄은 웃음을 터뜨렸다. "아노키랑 잘 해봐."

"아노키가 누군데요?" 펠릭스가 물었다.

셋이 시설의 입구에 도착하자 달시와 이안이 그들을 기다리고 있는 것이 보였다. 달시는 펠릭스의 가슴을 손가락으로 찌르며 말했다. "날 버리고 가서 고맙다."

펠릭스는 달시에게 눈을 흘겼다. "저야말로 남자친구와 멜로드라마 찍는 데 끌어들여줘서 고마워요."

"이안은 내 남자친구가 아니야―" 달시는 대화를 끝내려 했다.

"드라마도 없었다고, 알았어?"

그동안 셀빅은 탄을 붙잡고 놓아주지 않았다. "말해줘, 안젤리카."

"당신의 오랜 친구 이그나티우스 빅스비가 어떤 파티를 열려고 해. '초청장'을 받았거든." 탄이 큰일을 꾸미고 있는 사람에 대해 털어놓았다.

이그나티우스 빅스비. 그 이름을 듣자 셀빅의 피가 끓어올랐다. "그놈은 내 친구가 아니야! 사기꾼이라고!"

탄이 펠릭스의 귀 쪽으로 몸을 숙여 속삭였다. "둘이 문제가 좀 있었거든. 왜 있잖아, 학문적으로 말이야."

"이그나티우스 빅스비? *이기 빅스비?* 그 정보 광고하는 사람!" 달시가 소리쳤다. "우리 엄마가 그 사람 엄청 좋아해요."

"그 자식은 특허 도둑이야. 다른 사람의 좋은 아이디어를 싼 가격에 빼앗다시피 해서 산 다음 그걸로 엄청난 돈을 버는 거지." 탄이 설명했다. "빅스비는 로봇, 백신, 주방용품 등 알 만한 건 전부 그렇게 해왔지. 분명 과학계 인사들을 한데 불러 모아서 뭔가 발표하려는 것 같아. 누가 참석하는지는 모르겠지만 당신도 관심이 있을 수도 있겠네."

셀빅은 침을 뱉는 시늉을 했다. "절대."

"그럼 맘대로 해. 연락은 계속하고. 내가 어디에 있는지는 알겠지." 탄은 이렇게 말하고 갑자기 무언가 기억난 듯이 책상으로 돌아가서 서랍을 열었다. 몇 초간 서랍을 뒤지다가 포기하고 고개를 저었다. "펠릭스에게 불에 탄 아르님 졸라의 전기회로를 기념품으로 주려고 했는데, 어디에 뒀는지 잊어버렸네. 어쩌나."

탄이 어깨를 으쓱했다. "몇 블록 지나면 식당이 있어. 떠나기 전에 뭐라도 먹고 가. 아노키한테로 가는 거라면 산을 오를 에너지가 있어야 할 테니."

"잠깐만, 방금 산을 오른다고 했어요?" 달시가 물었다.

"언제나 조심해요." 탄이 염려했다. "세상은 예측 불가능한 곳이니까."

셀빅과 달시, 펠릭스는 엘리베이터에 올라 탄과 이안에게 작별인사를 했다.

"산을 오른다는 말이 무슨 뜻이죠?"

Chapter

5

"으윽." 펠릭스가 마치 아기를 낳기라도 할 듯이 배를 움켜쥐고 신음했다. "배에서 에일리언이 뛰쳐나오기 일보 직전이에요." 그는 방금 치즈버거와 감자튀김, 샐러드, 치킨누들수프 그리고 아이스크림 한 사발을 다 먹은 후였다. "내가 죽으면 내 시체를 과학 발전을 위해 써줘요." 그는 울먹이며 말했다.

"샐러드는 먹지 말라고 했잖아." 달시가 농담을 했다.

"정확한 용어는 외계인이야, 펠릭스. *에일리언*이 아니라. 누군가 네 말을 진지하게 듣길 바란다면 정확한 용어가 상당히 중요하단다." 셀빅은 평소와는 다르게 근엄한 말투로 말했다. 달러 홀러에서의 굴욕적인 경험, 안젤리카 탄의 질책 등으로 인해 셀빅은 매우 예민해져 있었다. 그는 맛있는 음식을 먹고 가벼운 대화를 나누고 편안한 환경에 있으면 마음이 한결 느긋해질 거라 생각했다. 하지만 지금까지는 그렇지 않은 것 같았다.

"에릭, 난 당신이 *에일리언*이라는 단어를 쓰는 걸 백만 번은 본 것 같은데요." 달시가 말했다.

셀빅은 입을 오므리며 눈을 흘겼다. "바람을 좀 쐬어야겠어." 그는 이렇게 말하고는 자리에서 일어났다. 셀빅은 방으로 들어가란 말을 들은 아이처럼 고개를 푹 숙이고 성난 발걸음으로 식당 밖으로 나갔다.

"내가 계산해야 할 것 같네." 달시가 영수증을 보며 말했다. "*이번에도.*"

펠릭스는 셀빅을 안 지 얼마 되지 않았지만 학문에 대한 그의 지적인 면에 감동했고 어떻게 해야 그가 두려움을 이겨내는 데 도움을 줄 수 있을지 궁금했다. "솔직하게 말해줘요, 달시 누나. 비록 우리가 얼마 전에 만났고 내가 셸빅 박사님에 대해서 잘 모른다고 생각하는 것도 알고 있어요. 하지만 난 박사님을 계속 연구해왔어요. 박사님의 행동 패턴이나 뭐 그런 거요. 박사님은 때로 너무 *냉랭해요.* 어느 때는 날 자식처럼 예뻐하면서 어울리다가 어느 때는 머리가 너무 복잡한 사람처럼 이 얘기를 했다가 갑자기 다른 얘기를 하기도 해요. 전 박사님을 좋아해요, 오해는 하지 마세요." 펠릭스는 셸빅이 근처에 있는지 확인하려고 등 뒤를 돌아보았다. "하지만 전 박사님이 정신을 잃어가는 게 아닐까 걱정돼요."

달시는 그 기분을 너무나 잘 알고 있었다. "그래." 그녀는 그 상황에 대해 생각하느라 잠시 말을 멈추었다. "로키의 창이 에릭의 머리에 엄청난 피해를 준 것 같아. 잠시 동안은 더 좋아졌어. 모든 게 잘 돌아가는 것 같았거든. 그러다가 대학살이 일어나자 다시 무너지기 시작했어."

"우리가 박사님을 되돌려놔야 해요."

"말이 쉽지. 이런 말을 듣기 싫겠지만, 난 에릭 셸빅과 꽤 오래

일했어. 난 에릭 자신보다 박사님을 더 잘 안다고 자부해. 그동안 내가 배운 게 한 가지 있다면 박사님은 스스로 파악하는 것을 좋아한다는 거야. 에릭은 도움을 잘 받아들이지 못해."

"고집불통이란 거예요? 풉. 난 더 심한 사람도 겪어봤어요."

"내 말은 박사님이 널 밀어내도 놀라지 말란 거야."

"박사님이 사람들을 밀어낸다면 누나는 왜 박사님이랑 계속 일하고 있어요?"

"의료보험 때문에." 달시는 긴장한 듯이 빨대로 음료를 휘젓고 있었다. "이봐, 에릭은 괜찮을 거야." 그녀는 음료수를 길게 한 모금 빨고 말했다. "그랬으면 좋겠어."

"토르와 제인, 에테르 이야기는 정말 재미있었어요. 인터넷으로 뉴스 동영상이나 사진을 보긴 했지만 실제 경험담을 듣는 건 처음이었거든요."

"에릭이 그 얘기해준 적 없어? 흠. 넌 네 생각보다는 과학적인 부분에서 에릭과 별로 친하지 않나 보구나."

"날 질투하게 하려는 거예요? 정말 내가 그렇게 속이 좁아 보여요? 뭐, 좀 개인적인 얘기 하나 해줄게요. 난 아직도 박사님을 만났다는 게 믿기지 않아요. 박사님이 시페러 모텔에 체크인 했을 때 나는 거의 정신을 잃다시피 했어요. 말도 안 되는 일이었죠. 통계는 내가 잘 아는 분야가 아니긴 하지만, 지구상에서 가장 존경하는 천체물리학자가 내가 불과 얼마 전부터 살게 된 모텔에 나타나다니요! 그런 일이 일어날 확률은— "

"우주급이라고?"

"그렇다고 할 수 있죠."

"그나저나 너처럼 어린 꼬마가 어떻게 모텔에 혼자 머무를 수 있었던 거지?"

"어떤 말이 필요하겠어요? 전 말솜씨가 좋거든요." 펠릭스는 씩 웃었다. "모텔에 투숙했던 사람들 절반이 사라졌잖아요. 그래서 빈 방을 채우고 있었던 거예요. 멍청한 켄 아저씨는 아무 질문도 하지 않았죠. 그저 돈만 받으면 됐으니까요. 난 나 자신을 지켰어요. 혼자 힘으로 그곳을 떠나서 캘리포니아로 가야 한다고 생각했어요. 캘리포니아에 있는 학교에 대해서 읽었거든요. 그래서 버스표를 사려고 돈을 모았죠. 밤에는 일하고 낮에는 혼자 공부하면서요. 그러다가 박사님이 혼잣말을 하는 걸 들었어요. 그 방을 지날 때마다 박사님은 과학 이론을 떠들고 있었어요. 어느 날은 제가 노크를 했죠. 박사님은 안으로 들어오라고 했고 오후 내내 떠들고 놀았어요. 대부분은 박사님이 이야기를 하면 제가 듣는 편이었죠. 박사님이 완전히 명민하지는 않았지만 상관없었어요. 미치광이 과학자니까요. 박사님은 대학살이 일어날 수 있다면, 우리가 알고 있는 모든 것은 거짓이고 더 이상 그 어떤 것도 의미가 없다고 했어요."

"우울한 이야기네." 달시가 중얼거렸다. "많은 일이 있었구나,

꼬마야. 널 응원해줘야겠는데. 내가 그런 일들을 겪었다면 아마 공처럼 굴러다녔을 거야."

"난 누나가 생각하는 것처럼 겁먹지 않았어요."

"그런 뜻이 아니라—"

펠릭스는 고개를 저었다. "난 어린아이가 아니라고요."

"우린 아직 만난 지 하루도 안 되었잖아, 진정해."

펠릭스는 테이블을 주먹으로 쳤다. "나도 해답이 필요하다고요! 내 운명은 우주가 결정하는 게 아니에요. *내가 결정해요!*" 갑작스러운 분노가 어색하게 느껴진 펠릭스는 재빨리 냉정을 되찾았다. "에테르가 급속 양자 분리기가 될 수 있다고 생각해요?"

"*잠시만이라도 과학 얘기 안 할 수 없니?*" 달시가 애원했다. "정말로. 세상은 미쳐버렸고 우리가 사랑하는 리더는—" 그녀는 셀빅이 어디에 있는지 확인하려고 밖을 보았다. 그는 스스로와 논쟁을 하는 듯했다. "위태로운 상황이야. 그리고 우리는 아노키를 만나러 산을 올라가야 한다고. 이유가 뭐가 됐든 간에 말이야. 난 점점 지쳐가고 있어. 이게 에릭이 생각하는 거대한 계시로 이끌고 있는지도 잘 모르겠어. 그러니까 제발 주제 좀 바꾸자. 난 뭔가 무의미한 이야기를 하고 싶어. 리얼리티 프로그램이나 화장하는 방법 같은 거."

펠릭스가 달시의 얼굴을 찬찬히 살폈다. "누나 화장 안 하잖아요."

"화장에 대해서 얘기할 사람을 만날 기회가 있으면 하겠지!"
달시가 맞받아쳤다. "천재든 아니든, 열두 살짜리가 관심 있는
다른 분야는 없어? 사탕이나 장난감 같은 거 말이야."

"내가 *그런 거*에 관심 있을 것 같아요?" 펠릭스는 눈을 흘기며
말했다. "차라리 핼러윈에 뭘 할 건지 묻지 그래요?"

"그래, 핼러윈에 뭐 할 건데?"

"으으음." 펠릭스가 의자에 몸을 파묻으며 말했다.

"아직 잘 모르겠지? 난 다 해봤어. 뱀파이어는 재미없어. 마녀
들도 별로야. 아, 그래. 아이언맨 어때? 아이언맨은 완전 분노해
있다고 들었는데." 펠릭스가 일어나 떠날 준비를 했다. "다시 앉
아. 일 분 정도. 난 그냥 널 괴롭히고 있는 중이니까." 펠릭스는
다시 자리에 주저앉았다. "그런데 정말로, 아이언맨을 어떻게 생
각하는 거야? 아이언맨은 멋있잖아, 그렇지 않아?"

"그렇죠, 스타크는 멋있죠. 하지만 난 포스터 박사가 더 좋아요."

"그래, 나도 마찬가지야." 달시가 무언가를 떠올리며 말했다.
"제인이 내가 좋아하는 모자를 갖고 있어. *갖고 있었다*고 해야
하나? 아무튼. 지금은 그런 생각을 하고 싶진 않네."

펠릭스는 주머니를 뒤져서 구겨진 보풀 뭉치와 종이 조각, 동
전 몇 개를 꺼냈다. 그리고 주머니를 헤집어 10달러짜리 지폐를
꺼내어 달시의 앞에 내밀었다.

"돈 넣어 놔. 내가 계산할 테니까." 달시는 이렇게 말하고 지저

분한 물건들 속에 섞여 있는 신문 조각을 발견했다. 그리고 신문을 들어 먼지를 털었다. "네 부모님이시구나, 그렇지?"

"맞아요." 펠릭스가 사진을 보며 부드럽게 말했다. 펠릭스와 그의 부모님이 뉴욕 과학박물관 앞에 서 있는 사진이었다. 그들은 연구 지원비를 수여받고 있었다. "내 핏속에 흐르는 과학이라. 말 그대로죠."

똑똑똑.

셸빅이 손가락으로 식당 창문을 두드렸다. 그는 두 팔을 거칠게 흔들며 그만 가자는 말을 계속해서 반복했고 초조하게 주차장을 떠돌고 있었다.

금방 나갈게요. 달시가 셸빅을 보며 입 모양으로 말했다. "짐 챙겨, 꼬마야."

웨이트리스가 계산하기 위해 테이블로 천천히 걸어왔다. "즐거운 시간들 보내셨나요. 그런데 친구분은 꼭 챙기셔야겠어요." 그녀는 이렇게 말하며 셸빅을 가리켰다. "다른 손님들한테 겁을 주고 있어요."

"우리도 겁먹었어요. 사실 저건 그냥 하는 행동이에요. 친절한 말씀 감사해요!" 달시가 말했다. "우리의 다음 목적지로 향해야지."

"그건 여기 위에 있어. 위에 있다고!" 셀빅이 검지를 사방으로 휘두르며 말했다. "위에, 위에! 그만 꾸물거리고 서둘러!" 달시와 펠릭스는 상그레데크리스토 산맥을 오르고 있었다. 끝까지 하고 싶지 않았던 일이었다. 태양이 밝게 빛나고 공기는 상쾌했으며 새가 지저귀는 소리가 하늘에 가득 울려 퍼졌다. 적어도 잠시 동안은.

"아노키라는 사람한테 그냥 전화할 수도 있었잖아요." 달시는 바위로 가득한 산을 오르며 말했다. "그냥 이렇게 말하면 안 되는 거였어요? *이봐, 친구! 혹시 포스터 박사가 어디 있는지 알고 있나? 그랬다면 산을 오르며 짜증 낼 필요도 없었다고요.*"

"아노키는 전화가 없어. 매우 명석하다는 것은 의심의 여지가 없지만 현대의 안락함을 버리고 자연에 정착해서 사는 사람이야. 지금 우리는 더 큰 소명을 다하고 있어, 달시. 이렇게 산을 오르니 내 두뇌에 자극이 되는군. 우리의 임무가 확장되고 있어."

"멋지네요. 내 *메리 잭슨*이 그 이야기를 들으면 매우 좋아하겠어요."

셀빅은 컬버 대학에서 일하는 동안 매우 소수의 학생들만 가르쳤다. 아노키 같은 천재들은 거의 없었다. 이론 천체물리학 프로그램에 들어가는 것은 결코 쉬운 일이 아니었다. 하지만 아노키는 그중에서도 두각을 드러내는 학생이었고 2학년이 채 끝나기도 전에 장학금, 상금, 포상금을 모두 휩쓸었다. 그는 그런 것들에 겸손해하는 한편 조금 부끄러워하기도 했다. 셸빅은 그가 훌륭하고 매력적이며 호기심이 많다는 것을 알게 되었다. 그래서 아노키에게 공부를 계속하라고 압박했지만 결국에는 그런 압박이 셸빅의 원래의 의도와는 다른 결과를 가져왔다. 아노키의 목표는 언제나 개인적인 성장이었다. 과학은 그저 흥미가 있는 분야였을 뿐이다. 아노키는 학교를 그만두고 일기예보 시스템을 기반으로 단기 휴가를 계획할 수 있는 앱을 만들었다. 그 앱으로 엄청난 성공을 거둔 아노키는 이를 현금화하여 현대 문명에서 벗어나 새로운 인생을 살기로 결정했다. 셸빅은 아노키의 결정을 지지하긴 했지만 그가 빨리 은퇴한다는 사실은 쉽게 받아들이지 못했다.

콰과광!

깜짝 놀랄 정도로 큰 천둥소리가 하늘에 울려 퍼졌고 번개가 그 뒤를 따랐다. 검은 구름이 갑자기 움직이면서 비가 떨어지더니 곧 폭우로 바뀌었다.

"우린 여기서 죽을 거야." 달시가 말했다. 그녀는 눈을 감고 비에 흠뻑 젖은 채 가만히 있었다.

"난 좋은데요." 펠릭스는 마치 등산에 지친 심신을 회복하려고 폭포를 맞는 사람처럼 양팔을 옆으로 벌리고 있었다.

셀빅은 언덕 중턱에 있는 동굴을 가리켰다. "저쪽이야!" 달시와 펠릭스, 셀빅은 텅 빈 동굴에 가서 몸을 말렸다. 동굴은 깊었고 오래된 동물 사체가 나뒹굴고 있었다. 세 사람은 빛이 닿는 가장 깊숙한 안쪽까지 들어갔다.

"흐음." 셀빅이 중얼거렸다. "난 *이곳이* 아노키의 집인 줄 알았는데, 누가 살았던 흔적조차 없군."

달시는 자신의 앞에 있는 너구리의 두개골을 발로 살짝 찼다. "흑마술을 하거나 그런 게 아니라면 말이죠. 혹시 이 아노키란 사람이 종교적인 의식에 제물을 바치나요? 그렇다면 난 그냥 차로 돌아가 있을게요."

셀빅이 달시의 의견을 바로잡았다. "이 뼈들은 숲에 있는 생태계의 일부야. 아노키는 종교적인 의식을 거행하거나 하진 않을 거야. 적어도 내가 알기엔 그래."

"*에리이이익?*" 명랑한 노랫소리 같은 목소리가 동굴의 가장자리에서 들려왔다. "왜 이곳에 왔는지 영혼들에게 말하시오…."

"어, 이건 좀 이상한데요." 펠릭스가 말했다.

"거기 누구야?!" 셀빅이 소리쳤다. "정체를 밝혀!"

아노키는 크고 마른 몸에 복잡하게 디자인한 판초 같은 옷을 걸치고 있어서 마치 동굴을 떠다니는 것 같았다. 얼굴은 밝은 캐러멜색이었고 표정이 없었다. 허리까지 오는 비단 같은 검은 머리카락이 바람에 앞뒤로 흔들렸다. 아노키의 따뜻하고 푸른 눈이 달시의 영혼을 꿰뚫어보았다.

"오, 세상에…." 달시가 부드럽게 말했다. "만나서 반가워요." 아노키는 옅은 미소를 지으며 나직하게 말했다. "박사님, 뭔가 어두운 힘이 박사님한테 말을 건다고 생각했어요? 그래서 소리를 지른 거였어요? 제가 소리 지르는 능력을 잃어버리지 않았다니 기분 좋군요. 사실 그 기술을 써본 적이 없거든요. 박사님이 꼼지락거리는 걸 지켜보는 게 얼마나 재미있었던지."

"잘 지냈나, 아노키." 셀빅이 안심하며 말했다. "우리가 여기 있는지 어떻게 알았지?"

"위대한 조상님들이 꿈에 나와서 말해줬어요. 농담이고요, 1.5킬로미터 떨어진 산에서 박사님이 불쌍한 동료들한테 소리를 지르는 걸 들었어요. 정말 익숙한 목소리였죠. 제가 신입생일 때 수업에 늦으면 그렇게 소리를 지르곤 하셨잖아요."

"시간이 너무 빨리 흐른다는 말은 변명처럼 들리겠지."

"그렇다고 틀린 말은 아니죠. 시간은 유동적이에요. 이 세상의 아주 많은 것과 마찬가지로요. 성별도 그렇죠. 분명 그래요. 제 숙소가 이 근처에 있어요. 찾기 어려우니 따라오세요. 차를 대접할게요."

아노키는 세 사람에게 따라오라는 손짓을 했고 그들은 차갑고 건조한 장소로 걸어갔다.

"환영합니다. 옷은 금방 마를 거예요."

아노키는 나무로 만든 집으로 들어가며 말했다. 아노키의 숙소는 넓은 원형이었고 벽에는 천을 걸어 장식해놓았다. 커다란 빈백 의자와 거대한 베개도 보였다. 선반에는 향신료와 책, 먹음 직스럽게 보이는 신선한 채소가 가득한 바구니가 놓여 있었다. 여러 종류의 크리스털과 정동석이 집 안 곳곳에 놓여 있었는데 모두 주의를 기울여 위치를 정한 것들이었다. 한구석에는 물이 흐르는 수로가 있었는데, 집 안에는 현대 기술이라고는 찾아볼 수 없었다. "여기 온 이유를 솔직히 말해보세요, 에릭." 아노키는 기다란 의자에 편히 앉은 후 물었다.

"좋아. 우리는 제인 포스터 박사를 찾고 있어." 셀빅이 대답했다.

"포스터 박사는 여기 없어요. 여기까지 온 이유가 정말 그것 때문이에요? 주저하실 필요는 없어요. 박사님, 정말로 포스터 박사를 찾으러 여기에 왔어요?"

셀빅이 신음소리를 냈다. "자네 대답은 도움이 안 되는군."

"뭐, 그럼 이건 어때요? 지구의 절반이 재가 되어버렸어요. 잠시 생각해보자고요. 제인 포스터 박사의 물리적 형태는 더 이상 우리와 함께하지 않을 수도 있잖아요. 박사의 육체가 사라지고 영혼은 더 거대한 영역으로 갔다고 생각해보세요. 그럼 박사님이 지고 있는 그 짐을 덜어내는 데 도움이 될지도 몰라요."

"잔인하게 굴지 마, 아노키."

"그런 게 아니에요. 전 그저 배운 대로 추측하고 예의 바르게 제의했을 뿐이라고요. 대학살에 대한 박사님의 이론은 뭐죠?"

셸빅은 숨을 내쉬었다. "지구는 엄청난 트라우마를 겪었어…."

아노키가 비웃으며 말했다. "하! 너무 당연한 이야기를 해서 뭐해요."

셸빅은 기분이 언짢았다. 아노키의 빈정거림 때문에 무방비 상태가 된 것 같았다. "난 아직 정보를 모으는 중이야. 하지만 최근의 현상들 때문에 지구가 위험한 상황에 처했다고 믿고 있어. 이 사건들과 우주와의 연관성에 대해서 더 잘 이해할 수 있는 방법을 찾는 중이야."

"전 이미 박사님이 자신이 가진 모든 자원을 활용하지 않고 있다는 걸 알겠어요. 환영의 샘으로 가지 않고 왜 여기로 온 거예요?"

셸빅의 얼굴이 붉어졌다. 그는 몇 년 전 아노키에게 토르와 함께 갔던 이상하고 오래된 물에 대해서 말한 적이 있었다. 그곳은 완전히 숨겨진 곳으로, 가늠할 수 없는 거대한 능력을 지닌 물이 있었다. 셸빅은 아노키에게 절대로 다시는 그 물에 대해서 언급하지 말라고 했다. 하지만 아노키는 결코 그의 지시를 따르는 법이 없었다.

"내가 예전에도 설명했듯이, 환영의 샘은 너무나 강력한 힘을 지니고 있어. 예측할 수가 없다고. 그걸 안전하게 사용할 수 있는 방법이 없어. 그게 핵심적인 이유야. 더 이상 그 샘에 대해서 이야기하고 싶지 않아."

아노키는 셀빅의 이런 모습을 보고 깜짝 놀랐다. "전 박사님이 무언가에 대해서 그렇게 두려워하는 모습을 처음 봤어요. 걱정해야 하는 걸까요, 실망해야 하는 걸까요? 어쩌면 우주적인 사건에 집중하는 대신 스스로를 치유하는 데 초점을 맞춰야 하지 않을까요?"

"난 *괜찮아*. 단지 거대한 우주의 불균형이 가장 큰 문제라고 느낄 뿐이야."

"우리 클럽에 들어와요!" 아노키가 소리쳤다. "생물망, 존재의 구조는 이해할 수 있는 범위를 넘어서 간섭받고 있어요. 정말 해답을 원한다면 답을 얻을 수 있는 곳으로 가세요."

달시와 펠릭스는 어리둥절한 표정으로 서로를 바라보았다.

아노키가 눈을 크게 떴다. "아! 박사님은 가십거리를 좋아하시죠." 그가 셀빅의 옆구리를 찌르면서 말했다. "이그나티우스 빅스비가 파티를 준비하고 있는 것 같아요. 드론으로 초대장을 보냈어요. 믿어지세요?"

"난 안 갈 거야." 셀빅이 딱 잘라 말했다.

"초대장을 못 받으셨군요, 이를 어쩌나." 아노키가 키득거리며 말했다. "오, 아무래도 빅스비가 박사님을 질투하나 봐요."

"하!" 달시가 소리쳤다. "아니, 그러니까… 음… 왜요?"

아노키가 셸빅을 가리키며 말했다. "이쪽은 훌륭한 과학자잖아요. 까다롭고 결점이 있긴 하지만 존경과 칭송을 받고 있으니까요. 박사님의 의견은 누구나 주목하고 검토해요. 학계에서 가치를 인정받고 있다고요. 하지만 빅스비는 두 가지 이유 때문에 신경과학자가 되었어요. 첫 번째는 자신의 허영심 때문에, 두 번째는 사람들을 현혹시키기 위해서였죠. 그 인간은 무례하고 천박한 협잡꾼이에요. 단 한 번도 스스로 연구를 해본 적이 없어요. 대신 하찮은 텔레비전 속의 캐릭터가 되었죠. 빅스비는 돈만 준다면 믹서에도 자기 이름을 붙일 걸요. 돈을 버는 게 목표가 되어버렸어요. 농구광이었던 저희 아버지 말을 빌리자면 빅스비는 이제 박사님한테 덩크슛을 날리려고 할 거예요. 이번 *파티*의 목적은 자신은 잘 나가고 있지만 박사님은 그렇지 못하다는 사실을 알려주려는 거예요."

셸빅은 얼굴을 찡그렸다.

"제 의견은 무시하세요." 아노키가 말했다. "하지만 어느 순간에 빅스비가 박사님에게 자금을 대주려고 할지도 몰라요. 개인적으로 말하자면 저는 박사님이 보상을 해준다면 파티에 가지 않을 거예요. 맞아요, 전 엄청 부자예요. 제가 말하는 보상이 뭔지는 아시리라 생각해요. 이그나티우스 빅스비는 토니 스타크의 저급한 버전이죠. 그렇게 말하는 사람은 별로 없지만, 스타크가 싸구려 갑옷을 입은 자본주의자라는 점을 고려하면 그렇다고요."

"그 둘은 비교할 수 있는 대상이 아니야, 아노키. 정신 나갔어? 스타크는 훌륭한 사람이라고. 고집 센 이기주의자일 수는 있지만—"

"똥 묻은 개가 겨 묻은 개를 나무라는 격이군요."

"내 말 아직 안 끝났거든?" 셸빅이 단호히 말했다. "인간적인 결점이 있을 수도 있겠지만 스타크는 *과학자*를 존중해. 사람을 중요하게 생각한다고. *미래*에 대해서도 걱정하고 있어."

"돈에도 신경 쓰죠."

"그래, 맞아. 우리 모두가 그렇지! 너도 숲속에서 살고는 있지만 다른 수단이 필요 없는 건 아니잖아."

"잘 아시겠지만 제가 걸어온 길이 항상 금으로 포장되어 있었던 것은 아니에요. 전 지금 제가 가진 것들을 얻기 위해서 싸워 왔어요. *박사님은 최근에 뭘 위해 싸웠죠?*"

"논리를 찾기 위해 싸웠어. 이성을 찾으려고, 증거를 찾기 위해서 싸웠어. 난 우리의 존재 자체의 진실을 위해 싸우고 있다고!" 셸빅이 소리쳤다.

"이제 제가 기억하던 생기가 보이네요." 아노키가 씩 웃었다. 그들은 잠시 말없이 서로를 바라보았다. "박사님은 마음을 가다듬을 필요가 있어요. 머리가 맑아지면 무엇이 진정한 목표인지 명확해질 거예요."

셀빅은 흥분했다. "내가 그럴지 자네가 어떻게 알아, 응? 상담 사라도 찾아가야 되나? 병원에 예약을 할까?!" 셀빅은 조롱하는 투로 말했다. "저기요, 아노키 박사님? 아스가르드의 장난꾸러기 신 로키가 다른 세상의 물건인 자신의 창으로 나를 통제했던 이후로 모든 것이 달라졌어. 난 사람들을 해쳤어. *친구들을 말이야.* 그 생각이 아직 나를 괴롭히고 있다고. 매일 밤마다 차라리 *슈퍼 히어로들과 엮이지 않았다면* 좋았을 거라고 생각하며 잠이 든단 말이야. 그러니까 박사님, 혹시 후유증을 극복할 수 있는 처방을 해주실 수 있나?"

"일단 그것부터 시작할 수도 있겠네요." 아노키는 자리에서 일어나 차를 준비했다. "박사님은 아무도 저한테 관심을 가져주지 않을 때 저와 제 연구를 지지해줬어요. 박사님의 지도가 없었다면 전 지금처럼 편하게 제 마음대로 살 수 있는 조건을 만들지 못했을 거예요. 그 점은 항상 감사드려요." 아노키가 상냥하게 말했다. "박사님, 잠시만 생각해보세요. 전 박사님의 옆에 서서 다른 할 일이 생겼다는 박사님의 한심한 변명을 들어줄 거예요. 박사님은 재능이 있어요! 그 재능을 고치고 보호하세요! 이제 어둠을 뚫고 밝은 곳으로 나갈 때라고요."

아노키는 머그컵을 건넸다. "이게 바로 그 방법이에요. 우린 둘다 박사님이 왜 여기 있는지 진짜 이유를 알고 있잖아요."

셀빅은 의심스러운 표정으로 차를 바라보았다. 검은색의 탁하고 매운 냄새가 나는 차였다. 그는 차를 마시고 싶지 않았지만 아노키의 조언을 믿었다. "*건배*." 셸빅은 이렇게 말하고 차를 단숨에 마셔버렸다. "표백제 같아!" 그는 손가락으로 혀를 긁었다. "휘발유 맛이야."

"정말 *드라마틱하군요*, 박사님. 이제 과거는 잊어버리고 박사님이 미래를 멈출 수 없다는 사실을 인정하세요."

셸빅은 땀을 흘리기 시작했다. 그의 몸은 긴장으로 굳었다. 셸빅은 무릎을 꿇고 숨을 헐떡였다.

"보스?" 달시가 말했다. "괜찮아요?"

"괜찮을 거야." 셸빅이 말했다. "곧 괜찮아지겠지."

아노키는 셸빅을 부축해서 긴 소파에 눕혔다. "쉬세요. 일어나면 박사님이 짊어진 짐이 한결 가벼워져 있을 거예요." 아노키는 작은 베개를 셸빅의 머리에 받쳐주며 말했다. "멋지지 않아요?"

"박사님한테 뭘 준 거죠?" 달시가 물었다.

"진정해요." 아노키가 나뭇가지에 불을 붙이며 말했다. "옛날부터 전해오는 약물 음료를 마셨을 뿐이에요. 영혼을 되살려주고 마음을 치유하는 데 도움을 주죠. 그것만 알면 돼요. 이제 박사님이 잠들었으니 우리 셋이 얘기나 하죠."

나뭇가지에서 나오는 연기가 달시의 코를 찔러 기침을 하게 만들었다. "당신은 달러 홀러에 가봐야 할 것 같아요." 그녀는 손을 휘저어 얼굴 앞의 그을음을 날렸다. "거기에는 방향제 종류가 엄청 많거든요. 딸기, 와사비, 오줌 향. 아마 좋아할 거예요. 이게 뭔지 모르지만 이것보단 훨씬 낫거든요."

아노키는 눈을 흘겼다. "당신은 완전 코미디언이군요. 정말 대단해요." 그는 이렇게 말하고는 빨갛게 불이 달궈진 허브로 원 모양을 그리면서 흔들었다. "연기를 피우는 거예요. 부정적인 에너지를 정화하는 의식이죠. 익숙해져 봐요. 좋은 의사와 어울리는 건 정말 힘든 일일 수 있어요."

달시가 씩 웃었다. "나쁜 걸로 좋은 일을 하고 있군요." 그녀는 숙소를 훑어보았다. "그러니까 당신은 생존주의자 뭐 그런 건가요? 세상이 멸망하고 있다고 생각해서 양동이에 식량을 비축해 놓는 사람 같은 거요."

"정확히 그렇죠." 아노키가 달시의 말에 기분이 좋아져서 대답했다. "당신은 영리한 사람이에요, 달시 루이스."

달시는 잠시 멈칫했다. "내 이름을 말해주지 않았을 텐데요." 그녀는 당황한 목소리로 말했다.

"당신이 접착제죠." 아노키가 말했다. "그건 분명해요."

"대체 왜 사람들은 그런 말을 하는 거지?" 달시는 아노키가 터치스크린 태블릿을 꺼내기 위해 가방을 뒤지는 모습을 보았다.

"정말로 현대 문명이 필요 없는 삶이 바로 이곳에 있네요."

"아주 원시적이죠."

"박사님은 우리한테 아저씨한텐 전화가 없다고 했어요." 펠릭스가 말했다.

아노키는 웃음을 터뜨렸다. "*하하하하! 세상에 전화가 없는 사람이 어디 있어?! 정말 이상한 생각이군.*" 그는 손가락으로 태블릿을 이리저리 만지다가 달시에게 조사한 내용을 보여주었다. 이안과 그녀의 사진이었다. "*이건 당신이죠? 그리고 전 남자친구요.*"

달시는 태블릿을 받아들고 자신의 이름이 적힌 파일들을 넘겨보았다. 그녀는 사진과 문서 등, 자신에 대한 개인적인 정보가 담긴 보고서 등을 보고 충격을 받았다. "대, 대체 이건?!" 그녀는 숨이 막히는 듯 말을 더듬었다. "정말 소름끼쳐요. 다른 차원에서 온 괴물이 런던을 갈가리 찢어놓는 것도 봤지만 이게 더 끔찍하다고요."

"*그건 요툰헤임의 괴물이었어요.*" 펠릭스가 상기시켰다.

"그럼 이건? 지금은 이게 정말 소름끼친다고. 저리 좀 치워줄래." 달시가 아노키에게 태블릿을 다시 주면서 말했다. "왜 내 사생활을 이렇게 가지고 있는 거죠?"

"박사님과 나는 몇 년 동안 서로 언쟁을 해왔어요. 하지만 계속해서 연락하며 지냈죠. 어느 정도는요. 박사님은 내 의견을 높이 평가해줬어요. 그래서 난 당신처럼 과학적 배경이 없는 낯선 사람이 박사님의 세계에 들어갔을 때 당신에 대해 조사해야 했어요. 당신은 나 때문에 일을 하게 된 거라고요, 아가씨. 고맙다는 말이면 충분할 것 같네요."

"날 고용한 건 박사님이 아니라 제인이었어요. *인터넷*으로요."

"맞아요. 그런데 당신이 어떻게 그 직책을 계속 가질 수 있었다고 생각해요? 특히나 더 자격 있는 사람이 그렇게나 많은 상황에서 말이에요. 내 현명한 조언이 아니었다면 아직도 *인터넷*으로 일자리를 구하려고 헤매고 있었을 텐데요."

"난 당신을 믿지 않아요."

아노키는 눈을 흘겼다. "당연히 믿지 않겠죠. 박사님도 마찬가지예요. 박사님이 당신에게 어떤 말을 했든 내 의도는 고결해요."

"박사님은 아무 말도 하지 않았어요."

"그럼 뭐, 내가 놀라운 사람이란 것만 알아줘요."

아노키는 과일 바구니에서 사과를 꺼내들고 한 입 베어 물었다. "우린 박사님이 깨기 전까지 시간을 보내야 해요. 하고 싶은 것 있어요?"

"아저씨는 로키의 창이 그렇게 대단하다고 생각하지 않아요, 그렇죠?" 펠릭스가 물었다.

"음, 그게 셀빅 박사님의 머리를 엉망으로 만들어놨다는 건 알아. 하지만…" 그는 자신의 생각을 전달하려고 노력하면서 코를 찡그렸다. "사람의 뇌에는 전기가 흘러. 그 전기를 통해 이온의 흐름을 조절하고 뉴런에서 뉴런으로 전자적 신호를 보내는 거지. 로키의 창이 무엇이든 간에 그게 박사님 뇌의 전류를 변화시켰고, 다음에는 뇌의 기능을 통제했기 때문에 박사님이 강력한 제안에 넘어가게 만들었던 거야. 그건 너무 명백한 이야기지. 모든 사람들이 마법이라고 생각하지만 사실 *그건 훨씬 더 단순해.* 무슨 말인지 알겠니? 참, 이름이 뭐라고 했지? *너에 대한 파일은 없어.*"

"펠릭스예요. 성은 데스타고요. 적어놓고 친구들한테 말해줘요."

"아주 자신감이 넘치는구나. 넌 스스로 차세대 에릭 셸빅이라고 생각하는 것 같은데, 맞지?"

달시가 맞장구를 쳤다. "사실 얘는 자기가 차세대 제인 포스터라고 생각해요."

"좋은 선택이야."

"둘 다 틀렸어요." 펠릭스가 말했다. "난 '차세대' 누군가가 될 생각은 없어요. 난 최초의 *나*니까요."

"아주 멋진걸, 펠릭스 데스타." 아노키가 말했다. "어디서 공부하니? 과학고등학교 그런 곳에 다니니?"

"지금은 진학을 준비하는 과정이라고 할 수 있죠."

아노키는 펠릭스의 상황을 염려했다. "내 친구 중에 와칸다 아웃리치 센터에서 일하는 강사가 있어. 너 같은 생각을 가진 젊은 이들을 지원하고 있는 곳이야. 네가 가면 아주 좋아할 거야."

펠릭스가 대답하기 전에 달시는 셸빅의 가슴이 빠르게 팽창되었다가 수축하고 있는 모습을 발견했다.

"무슨 문제가 있는 건 아니죠?" 그녀가 물었다.

"로키의 창이 박사님의 영혼에서 무언가를 가져갔어요. 난 그 걸 되찾게 도와주는 거예요." 아노키가 설명했다.

"독극물로요?"

"회복 계획이 충분하지 않았던 게 분명해요." 아노키가 말을 이었다. "약물 성분을 더 투입해야 해요. *내가* 갖고 있으니 다행 이죠."

"으악!" 셸빅이 소리를 지르며 몸을 뒤척였다. 눈은 굳게 감겨 있었고 그의 영혼은 여행을 시작했다.

"일어나, 이 빈둥거리기만 하는 한심한 비계덩어리야." 셸빅의 귀에 어떤 목소리가 속삭였다. 셸빅이 눈을 뜨자 냉소를 띤 로 키가 방을 걸어오는 모습이 보였다. 달시와 펠릭스, 아노키는 방 의 어디에도 보이지 않았다. 셸빅은 팔다리를 하나씩 쓰다듬고 는 자신의 얼굴을 찰싹 때렸다.

로키는 눈을 흘기며 물었다. "네 수사는 끝이 난 거냐? 네가 정말 여기에 있는 거냐, 아니면 내가 네 상상의 산물인 것이냐? 네가 내린 결론은 뭐지?"

셸빅은 아무 말도 할 수 없었다. 그는 아직 무슨 일이 일어났 는지 정확히 알 수가 없었다.

로키가 손가락을 퉁기자, 아노키의 집이 조금씩 떨어져 나가기 시작했다. "분명 너는 지구상에서 가장 똑똑한 인간 중 하나임에는 틀림없구나. 이런 질문을 던지는 것을 보니 말이야. 그런데 왜 해야 할 일을 알면서도 하지 않았던 거지?" 로키가 물었다. "흠?" 벽이 사라졌다. 마룻바닥도 곧 뒤를 따라 없어졌다. 로키가 다시 손가락을 퉁기자 우주 한복판을 떠다니고 있는 로키의 창이 모습을 드러냈다. 한때 로키의 창에 에너지를 공급하던 빛나는 스톤은 사라지고 대신 칙칙한 회색 자갈이 박혀 있었다. "지금 두려운가, 에릭?"

셀빅은 두 다리로 일어섰다. "아니." 그는 단호히 말했다. "네 무기에는 그 에너지원이 없어. 그걸로 날 조종할 순 없어."

"확실해?" 로키가 장난스럽게 물었다.

회색 자갈이 폭발하면서 온 사방으로 돌 조각이 튀어나갔다. 셀빅은 팔로 얼굴을 막았다. 팔을 내리자 로키의 창은 크기가 두 배나 커져 있었고, 익숙한 에너지원이 새로 박혀 있었다.

"그― 그 스톤은… 내 영혼을 조종할 때 쓴 거잖아." 셀빅이 말을 더듬으며 로키의 창에서 떨어져 뒤로 천천히 물러났다.

"그 옛날 거?" 로키가 창을 세게 휘둘렀다가 지휘봉처럼 공중에서 회전시키면서 말했다. "걱정하지 마, 에릭. 내가 널 조종할 수 있는 건 아니야. 네 스스로 그렇게 말했잖아." 로키는 창으로 셀빅이 있는 방향을 찔러댔다.

"아니야!" 셸빅이 소리쳤다. 셸빅은 방향을 틀다가 발을 헛디며 바닥에 쓰러졌다. 그는 로키의 창에 너무 집중한 나머지 주변이 완전히 바뀐 것을 눈치채지 못하고 있었다. 그들은 이제 작고 차가운 행성에 있었다. 거대한 가스가 하늘에서 빛을 내뿜으며 소용돌이쳤고 별똥별들이 머리 위를 지나가고 있었다. 천체들이 팽창했다가 수축하기를 반복했다. 셸빅은 이 광경을 보고 경외심을 느꼈지만 자신이 있는 새로운 환경이 어디인지 알 수가 없었다. 저 멀리에는 미스터리한 인물이 높은 곳에 있는 바위로 만든 딱딱한 왕좌에 앉아 우주 밖을 바라보고 있었다.

"넌 떨고 있구나, 그렇지, 늙은이?" 로키가 비웃으며 말했다. "너에 대해서 모든 사람들이 하는 말이 맞았어. 넌 상태가 안 좋아." 그는 포식자처럼 셸빅을 스토킹하며 주위를 돌아다녔다. "에릭 셸빅, 넌 겁에 질린 채 땅에 누워서 움직이지도 못하는 짐승이야. 다치거나 피를 흘려서가 아니야. 그저 숲에 겁을 먹었기 때문이지. 넌 숲속에 뭐가 있는지 알고 있어. 미지의 생물이 너를 공격하려고 기다리고 있지. 내가 너라도 그것과 싸우려 하지는 않을 거야. 나 역시 너와 똑같이 행동할 것 같아. 누워서 죽은 척이나 하는 거지!"

로키는 셸빅을 자갈 더미 위로 날려 보냈다.

"하하하!" 웃음소리가 온 우주를 뒤흔들 정도로 크게 울려퍼졌다. 왕좌에 앉은 인물은 둘의 행동이 재미있다고 생각했다.

셀빅은 몸을 일으켜 먼지를 털어내며 고함쳤다. "난 더 이상 조종당하지 않을 거야."

파앗!

저 멀리에서 땅 위를 떠다니는 하얀 빛의 구체가 나타났다. 구체는 마치 심장박동처럼 두근거리는 빛을 발산하고 있었다. 구체가 그를 부르는 소리가 셀빅의 머릿속에 들렸고 마음이 편안해지기 시작했다. 구체에 집중하자 현재의 상황에서 받는 스트레스가 사라졌다.

로키가 고개를 저었다. "넌 계속 그렇게 말하지만, 솔직히 난 여전히 널 못 믿겠어." 그는 셀빅을 향해 창을 던졌다.

"야!" 셀빅은 창을 피하려고 몸을 숙이며 소리쳤다. 그는 창이 사라졌는지를 확인하기 위해 로키를 보았지만 창은 다시 나타나 이미 로키의 손에 들려 있었다.

"마법이야." 로키가 과장스럽게 말했다. "아니면 뭔가 다른 게 있을까? 과학자잖아, 네가 설명해봐."

셀빅은 힘이 나기 시작했다. "난 과학자야. 해결하기 힘든 우주의 진실에 대한 해답을 찾는 것이 내 일이지."

로키가 하품을 했다. "이 독백은 전에도 들어봤는데."

"또 들어야 할 거야, 이 친구야." 셀빅이 고함쳤다. "너는 인간을 갖고 게임을 하고 네가 만들어놓은 난장판을 우리가 치우도록 하지. 네 장난감을 갖고 *돌아가!*"

파앗!

하늘이 어두워지는 동안 구체는 점점 밝게 빛났다. 로키는 그 광경을 보고 몸을 떨었다. 셀빅은 겁먹은 신에게로 조금씩 다가 갔다. 그들은 서로를 뚫어지게 바라보았다. "사냥꾼이 사냥을 당 하게 되었네. 기분이 어때, 로키?" 셀빅이 물었다.

로키는 동요하지 않은 척을 하려고 안간힘을 썼다. "난 감동받 기를 기다리고 있어." 그는 비웃듯이 말했다.

셀빅은 마침내 그의 적과 마주했다. 그는 차분하고 냉정했으 며 머릿속의 생각은 명확했다. 그는 감정 없이 분명하게 자신의 생각을 전달했다. "넌 위대하고 강력한 에너지원을 잘못 사용했 어. 내가 거의 이해하지 못할 정도로 거대한 에너지로 세상을 오 염시키고 내 영혼을 흔들었어. 난 이런 에너지들을 이해하지 못 했기 때문에 두려워했어. 결국 나도 인간이니까. 하지만 마침내 나의 운명을 지배하는 것이 *진정* 누구인지 이해했지. 이제는 명 확하게 알 수 있어. 그리고 내 몸부림이 끝나지 않을지 모르지만 죽은 척이나 하고 있지는 않을 거야. 그러니까 이제 내 영혼을 돌려줘!"

셀빅은 로키에게서 창을 빼앗아 공중에서 흔들어 그들을 둘 러싸고 있는 거대한 어둠을 향해 창을 날리듯이 던졌다.

"행운을 빌어." 로키가 속삭이고는 사라졌다.

하얀 구체의 빛이 불타오르기 시작했다. 에너지의 분출 때문에 셸빅은 눈이 부셨다.

"하하하!" 왕좌 위에 앉은 인물이 또다시 크게 웃었다.

"다음번엔 당신이야." 셸빅이 그를 위협하며 말했다.

파앗!

갑자기 행성이 사라졌다. 에릭 셸빅은 아노키의 숙소에서 무사히 깨어났다. 온몸이 땀에 젖어 있었다.

"낮잠 잘 잤어요?" 아노키가 물을 건네면서 물었다. "마셔요. 몸에 좋은 수분 외에는 아무것도 없어요, 정말이에요."

셸빅은 물을 받아 마셨다. "기분이… 좋아졌어. 나아졌어." 그는 다시 한 모금 마셨다. "내가 경험한 게 뭐지?"

"꿈이죠, 박사님. 그냥 꿈일 뿐 그 이상도, 이하도 아니에요. 박사님 앞에 나타났던 것들, 그것들이 무엇이든 간에 실재가 아니에요. 그저 박사님의 분투를 표현하는 표상일 뿐이죠." 아노키가 설명했다. "박사님이 이겼어요?"

셸빅이 작은 미소를 지었다. "이겼지."

"멋져요. 치유 단계가 빨라졌군요. 박사님의 미래는 *박사님한테* 달려 있어요." 아노키가 씩 웃었다. "이제는 절 좀 내버려두세요. 매우 중요한 뜨개질 프로젝트를 다시 시작해야 하거든요."

셸빅과 달시가 떠날 준비를 하는 동안 펠릭스는 아노키를 옆으로 잡아당겼다. "이상한 말처럼 들리진 않았으면 좋겠는데요, 와칸다 아웃리치 센터에 대해서 말했던 거 기억하시죠?"

"기꺼이 널 추천하는 편지를 쓸게." 아노키가 펠릭스에게 자신의 명함을 주면서 말했다.

"나한테 이메일 보내. 그 작은 탐험에서 *살아남는다면* 말이야."

펠릭스는 뛸 듯이 기뻤지만 침착한 척했다. "바로 그거예요." 그리고 머리를 연신 끄덕이며 말했다. "이메일 쓸게요. 조만간요. 그렇다고 너무 빨리는 아니고, 음, 한 일주일 후에? 그것도 너무 빠른가요?"

아노키는 셸빅에게 빅스비의 이벤트 초대장을 건넸다. "만약을 위해서요."

셸빅은 초대장을 꼼꼼히 살폈다. "이 심벌." 그는 초승달을 가리키며 중얼거렸다. "이건 무슨 의미지?"

"초승달이죠. 빅스비의 새로운 로고인가 뭐 그럴걸요."

"고마워. 조만간 또 봤으면 좋겠네, 아노키."

"이제 집으로 가는 건가요, *아닌가요?*" 달시가 물었다.

셸빅은 하늘을 올려다보았다. "계획이 약간 변경됐어."

Chapter

6

"리버스 엔지니어!" 셀빅이 소리쳤다. "우리는 싸우려고 온 게 아니야."

달시는 쓰레기 더미를 바라보면서 한밤중에 도움을 요청하는 셀빅의 전화를 받지 않았다면 지금 자신이 어디에 있을지 궁금했다. "이게 마지막 목적지라고 말해줘요." 그녀는 우는 소리로 말했다. "제발, 제발, 제발 *이제*는 집에 갈 수 있다고 해줘요."

그들은 캘리포니아 콤튼에 있는 고물상에 도착했다. 그 땅은 오래된 타이어 더미, 구식 전자제품, 가구 및 기타 여러 가지 쓰레기 등으로 둘러싸여 있었다. 농장 뒤편의 구석에는 작은 오두막이 있었는데, 비시 반야가라는 남자의 소유였다. 과학계 일각에서 그는 전설이었다. 반면 나머지 사람들에게는 사기꾼이었다. 이웃들은 반야가를 귀찮게 생각했고 백 살이 넘었다는 소문도 돌았다. 사실 사람들에게 젊어 보인다는 말을 듣기 위해서 스스로 그런 소문을 낸 것이었다. 180센티미터가 넘는 키에 120킬로그램의 거구인 반야가는 자신에게 참견하는 사람은 다 쳐내는 인물이었다. 언제나 같은 옷을 입고 다녔는데, 붉은 색의 '편안한 클래식' 체육복이었다. 그에 대해서 모르는 사람이라면 아마 그가 사람들과 싸우고 싶어 한다고 생각할지도 모른다. 백만 불짜리 미소를 보여주기 전에는 말이다. 반야가는 어릴 때 런던대학에서 공학을 공부했고, 그때 셀빅을 만났다. 그들은 과학에 대한 애정과 지식에 대한 열정을 보이며 빠르게 친해졌다. 셀빅이 학생들을 가르치기로 했던 반면, 반야가는 과학을 직업이 아닌 취미로 선택했다. 그는 여러 번 쉴드의 제의를 받았지만 언제나 그 제안을 거절했다. 누군가에게 지시를 받는 것은 자신의 스타일이 아니라는 이유 때문이었다.

"자네가 여기 있는 거 알아, 비시. 네가 요리하는 냄새가 난다고!" 셀빅이 소리쳤다.

2층 높이의 쓰레기 더미 꼭대기에서 거대한 사냥개 두 마리가 내려왔다. 그들은 셀빅과 달리, 펠릭스를 향해 엉성한 걸음으로 뛰어오고 있었다. 개들은 그들 앞에 멈추어 서서 조용히 바라보았다.

"이 강아지들 좀 치워줄래?" 셀빅이 물었다. "자네랑 진지하게 의논할 일이 있다고."

반야가가 자신의 오두막 문을 열었다. "혹시 내가 *사이언스 다이제스트* 인터뷰에서 자네를 겁쟁이에다 지루한 사람이라고 한 것 때문에 그래, 에릭? 그건 농담이었어!"

"아니야."

"오, 알았어. 그럼 안젤리카 탄의 새 남자친구 때문인가? 나도 한 번밖에 못 봤어. 잘생기고 친절하고, 정말 착한 친구지. 자네와는 완전 달라. 걱정하지 마."

"뭐? 나한테는 새로운 남자친구 얘기 안 했는데." 셀빅이 물었다. 하지만 다른 주제로 산만해질 생각은 아니었다. "오늘 자네와 얘기하러 온 건 그 때문이 *아니야.*"

"그럼 뭘 원하는 거야? 잘생긴 내 얼굴이나 우수한 두뇌는 말고."

"세상을 구하는 걸 도와줘."

"너무 광범위하잖아!" 반야가 소리쳤다. "난 엄청 바빠, 하지만 생각은 해볼게." 그는 작은 집 안의 전등 스위치를 켰다. 그와 동시에 신기하게도 사냥개들이 사라졌다.

"홀로그램이군." 셀빅이 퉁명스럽게 말했다. "미리 알아차렸어야 했는데."

"우리는 모두 실수한다고, 늙은이. 어떤 사람들은 다른 사람들보다 더 많이 실수하기도 하지." 반야가는 셀빅과 달시, 펠릭스에게 들어오라고 손짓했고 셋은 조심스럽게 오두막으로 들어갔다. 텔레비전에는 게임 쇼가 계속해서 반복되고 있었다. 가스레인지에는 르완다 요리인 *아타*토고 스프가 맛있게 끓고 있었다. 반야가가 좋아하는 음식 중 하나였다. "거기 앉게나." 그는 노트북과 잡지 기사, 연구 자료 등이 잔뜩 쌓인 2인용 소파를 가리키며 말했다.

펠릭스는 소파를 치우면서 흥미로운 서류들을 발견하고는 비밀이 들어 있는지 보려고 파일을 뒤졌다. "시각유전학? 왜 어디서 들어본 것 같지?" 그는 이렇게 물으면서 물에 젖어 손상된 노트를 넘겼다.

반야가는 펠릭스의 손에서 노트를 낚아챘다. "남의 것에 손대지 마. 다른 사람 물건 뒤지지 말고 그냥 앉아 있어." 그는 차갑게 웃었다. "시각유전학은 빛을 사용해서 유전적으로 변형된 조직이나 유기체의 행동을 변화시키는 기술이야. 작은 전구만 있으면 짜잔! 하고 변신하는 거지. 정확히는 아니라도 대충은 알아들을 거야. 몇 년 전에 지역 과학자 그룹이 실험용 쥐에서 특정한 기억을 지우는 데 성공했어. 난 그 연구에 매혹되어 실험 대상이 되고 싶었어. 어린 시절의 괴로운 기억들이 좀 있거든. 빛에 바삭하게 구워지고 싶었는데, 나 참, 시간이 없더라고. 우린 우리가 가진 모든 부분의 합이야. 좋은 부분, 나쁜 부분, 추악한 부분이 모두 합쳐져 있지."

"저기요!" 펠릭스가 불평했다. "나쁜 사람들 손에 들어가면 그런 종류의 유전공학은 엄청나게 위험할 수 있잖아요. *마음을 조종할 수 있게 되니까요.*"

반야가는 어떤 표정도, 말도 없이 펠릭스를 바라보았다.

"왜요?" 펠릭스가 물었다. "왜 그렇게 보세요?"

반야가가 한숨을 쉬었다. "과학, 모든 형태의 과학은 존재를 구성하는 요소들을 포함하고 있지. 그건 누가 사용하든 본질적으로 위험한 거야. 이제 그만 입 다물고 아무 말도 하지 마. 에릭의 계획이 뭔지 알아내야 하니까." 그는 베테랑 형사처럼 볼을 문지르며 사건을 구성하기라도 하듯이 방을 돌아다녔다.

"자넨 지구의 인구 절반이 날아간 것 때문에 무너진 거로군. 밤에 잠도 못 자고 제대로 쉬지도 못해. 가느다란 다리로 자네의 문제에서 최대한 도망쳤어. 그러고는 이기 빅스비의 공상과학 파티에 대해서 들은 거야. 초대를 받지 못한 것에 대해서 분노하고 있어. 이제는 여기까지 와서 자네를 데리고 파티에 가달라고 부탁하려는 거지, 거의 비슷한가?"

"전혀. 난 우주의 에너지를 동력화할 수 있는 장치를 만들어야 해. 우주에 있는 집단들과 직접 소통해야 하거든."

"오, 멋진데. *어려운 일도 아니고.*" 반야가는 이렇게 말하며 테이블 의자에 앉았다.

"잠깐만요." 달시가 말했다. "제인에 대해서 물어보려고 온 줄 알았는데요."

"계획이 바뀌었다니까." 셀빅이 말했다.

"제인, 난 제인이 좋아. 어떻게 지내?" 반야가가 물었다. 그는 셋의 얼굴에 나타난 표정으로 필요한 대답을 얻을 수 있었다. "뭐, 더 좋은 곳으로 갔을 거야. 어디가 됐든 말이야."

"제인은 죽지 않았어, 비시." 셀빅이 퉁명스럽게 말했다. "그저—"

"왜 셀빅 박사님은 아저씨를 리버스 엔지니어, 역공학자라고 부르는 거예요?" 펠릭스가 불쑥 끼어들었다.

"내가 하는 일이 그거니까. 난 무언가를 분해해서 연구하고 다시 조립해놓는 일을 하거든. 때로는 그것들이 새로운 방식으로 작동하기도 하고 그렇지 않기도 해. 모든 연구가 진행 중이야."

펠릭스는 벽에 걸린 마스크를 가리키며 물었다. "저건 뭐예요?"

"죽은 에일리언의 머리. 농담이야. 역사의 한 조각이지. 저게 왜 궁금하니? 책이라도 쓰려고?"

"으흠!" 셸빅이 과장스럽게 목을 가다듬는 척했다.

반야가는 셸빅을 바라보았다. "난 분명 자네를 도울 수 있어, 에릭. 날 믿어. 하지만 자넨 그 대가를 치러야 할 거야."

"이런 일들은 언제나 그렇지. 얼마면 되지?"

"난 그 흥미로운 테서랙트에서 대해서 듣고 싶어." 그는 심취한 듯이 말했다. "오딘의 왕관의 방에 있는 그 보석 말이야! 난 테서랙트에 대해 처음 읽었을 때부터 그 생각을 멈출 수가 없었어. 자네가 날 마지막으로 찾아온 지 오래 됐잖아. 지금 여기 왔으니까 *직접* 경험한 사람한테서 듣고 싶어. 아, 쉴드의 최신 비밀에 대해서도 알려줘."

"*재미있는* 분이군요." 달시가 말했다. "그 비밀을 알게 되면 우리가 당신을 지켜줄 수 있을까요?"

반야가가 킥킥거렸다. "아가씨, 날 *부끄럽게* 만들지 말아요. 당신은 *이 모든 것*을 감당할 수 없어." 그는 마치 왕궁 앞에 있는 왕처럼 자랑스럽게 말했다. "당신이 캡틴 아메리카와 아는 사이가 아니라면 말이야. 난 그를 위해서라면 어디라도 갈 수 있지. 버키도 포함해서 말이야. 난 정말 그 둘이 잘 됐으면 좋겠어."

"자, 됐으면?" 셀빅이 말을 더듬었다. "뭐가 됐으면… 좋겠단 말이야?"

"오, 에릭, 자넨 요즘 단어들에 대해서 공부를 좀 해야 할 것 같군." 반야가 고개를 흔들며 말했다. "자네한테 모든 걸 가르쳐줄 시간이 없어."

"궁금한 것이 있는데요, 거물님." 펠릭스가 손을 들며 불쑥 끼어들었다. "캡틴 아메리카는 얼음덩어리에 갇혔다가 어떻게 살아난 거죠, 그것도 오십 년이나 지나서? 그건 불가능하잖아요."

반야가는 낄낄거렸다. "우린 이미 신도 보았고 외계인들이 지구 주변을 돌아다니고 있는데, 이런 상황에서 이 꼬마는 *불가능하다*는 단어를 쓰고 싶어 하다니! 스티브 로저스는 슈퍼 솔져가 된 거야, 알겠니? *그의 육체적 성분이 바뀐 거라고.*"

"그… 그렇지만…." 펠릭스는 말을 더듬었다.

"입 다물고 어른들 이야기를 들으렴." 반야가가 말했다. "완보류라고 불리는 미생물 있지? 징그럽게 생겼어. 난 그걸 악몽 속에 나오는 돼지라고 부르는데, *정말 똑같이 생겼거든.* 사실 완보류는 꽤나 특이해. 완보류는 간에서 글리코겐을 만들어낼 수 있어서 세포의 삼투압이 수축되는 것을 막아주지."

"네, 알았어요. 이제 무슨 말인지 알겠어요. 캡틴의 혈액에는 엄청난 양의 글루코오스가 있기 때문에 피가 얼어붙지 않는다는 뜻이죠? 그 때문에 얼음 속에서도 몸을 그대로 보존할 수 있었던 거고요. 바로 이거죠!" 펠릭스가 소리쳤다.

"그래, *바로 그거야. 이제* 무슨 말인지 이해했군." 반야가 장난스럽게 펠릭스의 흉내를 내면서 말했다. "요점은 캡틴 아메리카의 강화된 혈액에는 동결방지제가 있다는 거야. 그래서 동면한 상태로 유지할 수 있었던 거고. 캡틴은 말 그대로 *보존되어* 있었던 거지."

"이제 수다는 그만 떨어." 셀빅이 투덜댔다. "*이봐*, 비시. 우리는 여기 온 목적이 있어."

"나도 알아, 에릭!" 반야가 고함을 질렀다. "자넨 우주에 있는 집단들과 직접 소통하기 위해서 우주의 에너지를 동력화할 수 있는 장치가 필요하다면서. *이미 얘기했잖아.* 마치 내가 갑자기 어디선가 뚝딱 하나 만들어내야 하는 것처럼 말이야. 물론 재료만 있다면야 *만들 수 있지.*"

셀빅이 빅스비의 파티 초대장을 테이블에 내려놓았다.

"그러니까 자네도 받았군." 반야가 카드를 살펴보며 말했다. "드론이 갖다주던가?"

"뭐, 직접 받은 건 아니야. 빅스비의 크레센트 계획에 대해서 알려준다면 나도 테서랙트에 대해 이야기해주지."

"두구두구두구!" 펠릭스가 소리쳤다. "크레센트 계획이 뭐예요?"

"네 알 바가 아니야, 펠릭스. 임무에 대해서 질문은 그만해." 셀빅이 말했다. 퉁명스러운 말투였다. "거래가 성사된 건가, 비시?"

반야가는 무표정한 얼굴로 잠자코 있었다. "좋아. 자네가 가려고 하는 길로 안내해주지, 에릭. 약속해. 그럼 이제… 그 푸른색 큐브에 대해서 좀 들어볼까."

거래를 성사시킨 셀빅은 이야기를 시작했다. "1942년 3월, 노르웨이의 퇸스베르그에서 일어난 일이야." 그는 으스스한 목소리로 말했다.

"*잠깐! 그만해, 그만.*" 반야가가 소리쳤다. "이봐, 역사 수업은 필요 없어. 확실히 *자네* 버전은 재미없을 것 같군. 난 교과서나 쉴드의 정보 창고에서 찾을 수 없는 디테일한 내용을 듣고 싶어. 자네가 괜찮다면 테서랙트가 현재 *시대에서* 어떤 여정을 거쳤는지를 알고 싶은데. 에릭, *자네와* 직접적으로 얽혀 있는 스토리면 더 좋고."

셀빅은 이야기를 다시 가다듬었다. "자네도 알다시피, 제2차 세계대전 이후 하워드 스타크가 테서랙트를 발견했어. 당시 그는 쉴드의 창립 멤버로 일하면서 테서랙트를 연구했지만 그 방대한 힘의 공급원을 점화시키는 방법을 찾지 못했어. 수십 년이 지난 후, 닉 퓨리 국장이 나를 페가수스 프로젝트에 발탁했지. 우리는 모하비 사막에 있는 암흑 에너지 연구소에 함께 모이게 됐어. 프로젝트의 목표는 당연히 테서랙트의 코드를 푸는 거였지. 난 훌륭한 사람들과 함께 있었어. 뛰어난 학자들 말이야. 우리는 결과를 도출하기 위해 열심히 노력했지만 쉴드의 자원으로도 테서랙트의 진정한 기원을 파악하지 못했지. 테서랙트는 거대한 힘을 지닌 물체였지만, 그래, 다른 모든 것처럼 과학에 뿌리를 두고 *있어야만* 했어. 우리 팀과 나는 연구를 거듭했지만 벽돌로 쌓인 막다른 길을 만날 뿐이었어. 그때 로키가 도착했고 우리는 마침내 테서랙트의 목적이 무엇이었는지를 알 수 있었지. 바로 우주와 통하는 통로였어."

펠릭스가 손을 들었다. "블랙홀 같은 건가요?"

"아니, 아니, 아니야. 아인슈타인의 일반 상대성이론에 따르면 질량과 에너지는 시공간에서 곡률을 일으켜. 질량이 너무 크면 곡률이 너무 심해져서 빛이 새어 나올 수 없게 돼. *그게* 블랙홀이야. 하지만 테서랙트는 달라. 그건 다리야—"

"홀이 아니라."

"맞아. 이론적으로는 곡률이 반대의 방향으로 기울어지면 두 개의 서로 다른 공간을 연결할 수 있고, 그렇게 만든 지름길로 직접 이동할 수 있게 돼. 하지만 그렇게 해서 강력한 다리를 만들고 안정화시키기 위해서는 질량이 음수가 되어야 하지. 바로 그 때문에 이 이론이 아직도 단지 이론일 뿐인 거고. 테서랙트가 어떻게 그런 효과를 만들었는지는 아직도 불분명해. 하지만 우리는 그 힘을 증폭시킬 수 있다는 걸 알고 있어. 로키는 테서랙트의 힘을 훨씬 더 증대시키기 위해 자신이 갖고 있는 창을 사용했어. 테서랙트의 거대한 힘 때문에 암흑 에너지 연구소는 완전히 파괴되어버렸지. 그리고 로키는 창으로 내 정신을 조종했어. 나를 끔찍한 존재로 만들었던 거야." 셀빅은 예전 사건들을 회상하면서 감정을 최대한 배제하려고 노력했지만 큰 성과는 이루지 못했다. "정신이 육체라는 철창 안에 갇혀 있다고 상상해봐. 로키가 나를 조종했을 때 내가 겪은 게 바로 그런 거야. 로키는 지구로 외계의 야만족 군대를 데려오기 위한 포탈을 열기 위해 테서랙트의 에너지가 필요했고, 그 목적을 이루기 위해 나를 도구처럼 다뤘어. 치타우리족은 뉴욕을 파괴했지. *내가 로키의 조종을 받으면서 일으켰던 상황들 때문에.* 난 매일 밤마다 잠들면서 내가 했던 악행에 대해서 생각해."

펠릭스는 셀빅의 어깨에 손을 올리고 부드럽게 말했다. "그러실 필요는 없어요, 박사님."

"내 사촌이 몇 년 전에 퀸즈의 쓰레기통 뒤에서 치타우리족을 발견했다더군. 사촌 말로는 쥐를 먹으면서 울부짖고 있었다고 했나, 뭐 그랬다던데." 반야가가 주장했다.

"말도 안 돼요. 치타우리족을 연결하고 있던 하이브 마인드는 뉴욕에서의 전투 중에 완전히 폐쇄되었어요. 그들이 여전히 살아서 돌아다닐 리가 없어요." 펠릭스가 말했다.

"뭐, 그 사촌은 거짓말을 잘하기로 *유명하긴 해*." 반야가 말했다. "에릭, 자네 이야기는 정말 끝내주는군. 설마 이게 끝은 아니겠지. 그 테서랙트는 지금 어디에 있지? 나도 데려가주지 않겠나?"

"토르가 아스가르드로 가지고 돌아갔어. 내 생각엔 테서랙트는 여전히 아스가르드에 존재하고 있을 거야." 셀빅은 숨을 내쉬면서 말했다. "이제 약속을 지켜야지, 비시. 빅스비가 뭘 계획하고 있지? 크레센트에 대해서 자네가 알고 있는 건 뭔가?"

반야가는 의자에 기대어 앉았다. "난 자네가 말하는 그 크레센트가 뭔지 모르겠어."

셀빅이 초대장을 가리켰다. "저 심벌 말이야. 저기 그려진 달. 초승달 모양."

"아 그거? 그건 브랜딩이라고 하는 거야." 반야가가 말을 이었다. "그 질문에 대해서 더 잘 대답해줄 수 있는 사람이 누군지 알아? *바로 빅스비지*." 그는 숨을 깊이 들이쉬었다. "우리 계약에서 내가 하겠다고 한 건 자네가 원하는 길로 데려다준다는 거였어. 이제 그 약속을 지키도록 하지. 이그나티우스 빅스비의 파티에 참석해. 그게 자네가 찾는 길이야. 이상 끝."

"절대 그렇게는 못해!" 셀빅이 소리쳤다. "난 그 제안을 받아들이지 않을 거야."

"진실을 원해? 빅스비는 원료들을 저장해오고 있어. 원소들과 금속들을 모으고 있다는 소문들이 있었지. 난 자네에게 이 얘기를 하지 않으려고 했어. 그것들은 그저 가십에 지나지 않았으니까. 난 가십을 좋아하긴 하지만 믿지는 않아. 그런데 가만히 패턴을 살펴보니… 빅스비가 무언가를 하고 있는 것은 분명해. 그 사람은 보통 모든 장소에 돌아다니지. 자신이 만든 것이라면 쓰레기라 하더라도 과시하면서 계속해서 떠들어대고 말이야. 하지만 이번에는 달라. 떠들어대던 모습은 오간 데 없고 완전히 조용해. 파티에 초대받았을 때 그걸 알게 됐지. 빅스비는 소매 속에 속임수를 숨기고 있어. 이제 막 손을 움직이려 한다고. 패턴에 따르면 자네가 원하는 것이 무엇이든 간에 그 자식이 가지고 있을지도 몰라. 사실 자네가 그 파티에 가건 말건 난 아무 상관없어. 하지만 곧 파티가 열릴 시간이야. 그러니 빨리 결정해야 해.”

달시가 한숨을 쉬었다. “거긴 또 얼마나 멀죠? 제발 다른 주라고 하지 마세요. 제 불쌍한 차는 지금도 겨우 버티고 있다고요.”

“운이 좋게도 여기서 삼십 분 떨어진 곳이야. 이 얼마나 우주적인 우연의 일치인가?” 반야가 말했다. “차도 안 밀릴 거야.” 그는 선반에 있던 배낭을 셸빅에서 던졌다. “이 작전을 비밀리에 수행하고 싶다면 그 안에 들어 있는 것들이 도움이 될 거야. 달시한테 어떻게 사용하는지 알려달라고 해.”

가방 안을 슬쩍 본 셸빅이 당혹스럽다는 듯 외쳤다. “온통 가발이잖아.”

"그래, 정확히는 비싼 가발이지. 잘 쓰고 돌려줘. 이제 여기서 나가. 난 *아가*토고 스프를 먹으면서 소설을 읽어야 해."

달시는 지쳤다. 펠릭스는 너무 흥분한 나머지 괴로울 지경이었다. 셀빅은 이제 무엇을 해야 할지 알 수 없었다. 코너에 몰린 것 같은 기분이었다. 셀빅은 반야가가 그를 함정에 빠뜨리지는 않으리라는 것을 알고 있었지만 빅스비의 파티에 참석하는 것만은 끝까지 하고 싶지 않았던 일이었다. 그의 얼굴에는 가고 싶지 않은 표정이 역력했다.

"스스로를 방해하지 말게나, 에릭. 자넨 갈 거야." 반야가가 말했다. 그는 자신이 한 말에 대해 잠시 생각했다. "이 말을 티셔츠에 쓰는 건 어떨까? 그래. 티셔츠에 써야겠어."

운명의 수레바퀴가 셀빅의 머릿속에서 돌아가고 있었다. 시간이 얼마 남지 않았다.

CHAPTER
7

"여기까지였구나. 이제 정말 끝이야." 달시가 훌쩍였다. "그 오랜 세월이 지나고 마침내 작별 인사를 할 때가 오고 말았어." 그녀는 마치 지쳐서 쉬고 있는 애완동물을 쓰다듬듯이 *메리 잭슨*을 토닥이다 차의 보닛을 얼싸안으며 엎드렸다. "넌 끝까지 용감했어, 친구. 평화롭게 쉬렴." 콤턴에 있는 비시 반야가의 쓰레기장에서 이그나티우스 빅스비의 집이 있는 할리우드 힐즈로 향하는 짧은 여행은 달시의 차가 견디기에는 너무나 벅찬 것이었다. 수없이 많은 도로 여행과 심부름, 심야 간식 배달, 즉흥적인 바다 여행에 이르기까지 *메리 잭슨*은 쉬지 않고 달렸고 끝내 숨을 거둔 것이다. 셀빅은 달시의 모노드라마가 끝나기를 간절히 바랐다.

"이제 됐어, 달시. 어서 가지."

"이 차는 내 인생이나 마찬가지였어요. 제인이 날 고용했을 때 난 이 차에서 살고 있었다고요. 얘는 지금껏 내가 유일하게 소유했던 거예요. 학자금 대출은 빼고요." 달시는 먼지가 가득한 운전석 창문에 웃는 얼굴을 그렸다. 그녀는 차의 더러운 천장에 키스를 하고 작별 인사를 했다. "비록 볼품은 없었지만 덕분에 정말 즐거운 시간들을 보냈어. 너무나 그리울 거야, 친구."

"정말 유감이에요, 달시 누나." 펠릭스가 말했다. 그는 그녀의 어깨에 손을 얹고 토닥였다. "치즈 과자랑 휘발유 냄새가 나긴 했지만 저도 영원히 메리를 잊지 못할 거예요. 편히 쉬렴."

"시간이 계속 가고 있어." 셀빅이 초조하게 말했다. "빅스비의 전람회가 벌써 시작했단 말이야." 그는 당황한 표정으로 두 손을 들고 있었다. "그저 *차*일 뿐이잖아."

달시의 얼굴에서 장난기가 사라졌다. "박사님의 탐험 때문에 대륙을 횡단하지만 않았어도 *그저 차일 뿐인* 메리는 죽지 않았을 거라고요!" 그녀는 쏘아붙였다.

셀빅은 뾰로통한 소리를 냈다. "뉴멕시코에서 캘리포니아까지 가는 걸로 대륙을 횡단한다고 할 순 없어."

"난 *그만할래요.*" 달시가 말했다. 그녀는 트렁크를 열어서 자신의 배낭을 메고 걷기 시작했다.

"우리 목적지에 다 왔잖아. 너무 감정적으로 굴지 마."

달시는 셀빅의 어처구니없는 무례함에 걸음을 멈추었다.

"저기요, *셀빅 박사님.* 내가 당신을 위해 얼마나 많이 와줬는지 알아요? 난 알아요. 아주 많이 왔어요. 박사님이 가고 싶다는 곳 어디든지 데려다줬어요. 박사님의 제멋대로인 행동에 맞춰주느라 밤을 새기도 했고, 아침 내내 보고서를 분류하기도 했어요. 난 생일도 못 챙기고 성인식에도 참석 못하고 집주인의 장례식에도 못 갔어요. 아 그리고 외계인한테 죽을 뻔도 했다고요. 또…"

"요툰헤임의 괴물요." 펠릭스가 상기시켰다.

"그래, 그거!" 달시가 손가락을 공중에서 흔들며 말했다. 그녀의 말투가 진지해졌다. "난 박사님에 대한 믿음이 있었어요. 과학이 좋았다고요. 진실을 중요하게 생각했어요. 그런데 이 존재하지도 않는 허상을 쫓는 일에 우리를 데리고 다니는 것에 지쳤다고요. 난 좀 쉬고 싶어요, *당장요*." 그녀는 어디로 갈지 생각하지 않으려 애쓰면서 다시 힘차게 길을 나섰다.

펠릭스는 달시에게 뛰어가서 마지막으로 그녀를 잡으려고 애원했다. "*제발*, 다시 돌아와요. 지금껏 함께했잖아요. 이제 정말 다 왔어요…." 그는 무슨 말을 해야 할지 몰랐다. "그 존재하지도 않는 무언가에 다다른 것 아닌가요? 그래야만 해요. 안으로 들어가서 뭔지 확인해요. 그 이후에 떠나도 되잖아요. 제가 이 여행에 따라온 똑똑한 꼬맹이인 거 나도 알아요, 하지만 저 언덕 위에서 파티가 열리고 있어요. 그리고 난 나비넥타이를 메고 있다고요. 이게 운명이 아니면 뭐겠어요?" 펠릭스의 어설픈 농담에 달시가 웃음을 터뜨렸다. "우린 누나 없으면 안 돼요."

"지금 뭐라고 했니?" 셀빅이 물었다.

"박사님의 과학자 친구들은 전부 다 알던데 박사님은 왜 몰라요? 우리 모두 함께해야 해요. 달시 누나는 우리 모두를 함께 모아주는 접착제라고요." 펠릭스가 대답했다. "박사님은 왜 우리를 그런 태도로 대하는 거죠? 전 박사님 정신이 모두 나갔다고 생각했어요."

셀빅은 셔츠의 버튼을 몇 개 풀었다. 그는 숨이 막히고 답답했다. "이그나티우스 빅스비는 아주 오랫동안 내 옆에 있는 눈엣가시 같은 존재였어. 그와 맞설 생각을 하니 긴장돼서 그래." 그는 길가의 턱에 앉았다. "빅스비는 자신과 함께 해달라고 오랜 시간 동안 나를 괴롭혔어. 계속해서 돈으로 나를 사려고 했지만 언제나 *조건*이 있었지. 난 그를 무시하는 법을 배웠고 마침내 날 회유하기를 그만두었어. 빅스비 같은 사람은 날 동요하게 만들어. 그 자식은 열심히 일하는 사람들 등 뒤에 자신의 이름을 붙이는 기회주의자이자 사기꾼이야."

"*우리가 테서랙트와 에테르에 대해서 알고 있다는 사실을 그 사람도 알고 있어요?*" 펠릭스가 물었다.

"비시가 우리한테 한 얘기로 미루어볼 때 그럴 거라 생각해. 빅스비는 비열한 인간이야. 만일 그 인간이 그들의 힘을 이용할 수 있는 무언가를 만들었다면… 만일 우리가 아는 것 이상의 힘과 연락할 수 있는 장치를 갖고 있다면…." 셀빅의 눈에 공포가 스쳤다. "그렇다면 우린 끝이야."

"박사님. 어느 날 밤에요, 박사님이 호텔에 처음 오신 날이요." 펠릭스가 말을 꺼냈다. "전 박사님이 혼자 말하는 걸 방 밖에서 들었어요. 그 모든 *지식*을 늘어놓는 게 멋지게 들렸어요. 그러고는 정말 정신이 나간 것 같았어요. 박사님은 쿵쾅거리며 책상을 치기 시작했죠. 어떻게 다시 돌아가지 못하게 되었는지에 대한 얘기 같았어요. 박사님은 환영의 샘에 너무나 심취해 있었어요. 그러고는 다시 그곳에 대해서 얘기하지 않았어요. 왜 그런 거죠?"

"펠릭스, 넌 네가 무슨 말을 하는지 모르는 것 같구나." 셀빅이 말했다. 그는 자리에서 일어났다. "이 문제에 대해서는 더 이상 얘기하지 않겠다."

"만일 빅스비가 우리를 *정말* 도와줄 수 있다면요? 그 사람은 자원을 갖고 있어요. 그 자원을 주는 대신 조건을 건다면요? 우리는 필요한 것을 얻기 위해 그 사람을 이용하고 일이 마무리되면 내치면 돼요. 모든 가능성을 생각해봐야 한다고요. 만일 환영의 샘이 모든 것을 푸는 열쇠라면 어떻게 해요? 우리가 해답을 알아내는 데 그 사람이 도움을 줄 수 있어요—"

"환영의 샘은 인간이 다루기에는 정말 너무나 위험해. 난 그 강력함을 실제로 목격했어. 토르조차 그 샘을 겨우 다룰 수 있었다고. 그건 예측할 수도 없고 그 힘이 어느 정도인지도 몰라. 통제하지도 못해. 그래서 연구할 수도 없고 내 일에 아무런 쓸모가 없어."

셀빅의 말에 펠릭스는 실망스러운 표정으로 고개를 저었다. "*어쩌고저쩌고.* 박사님은 두려워하고 있어요. 그냥 인정하고 끝내요. 확률이 아무리 불리해도 경계까지 밀어붙이며 끝을 보려하던 그 셀빅 박사는 어디에 있나요? 네? 전 박사님이 이보다는 나으실 줄 알았어요."

"난 꼬맹이한테서 강의를 들을 생각은 없다, 네가 천재든 아니든!" 셀빅이 고함을 질렀다.

쉭!

달시가 가발이 든 가방을 셀빅의 얼굴로 집어 던졌다.

"가발이나 쓰고 입은 다물어요. 둘 *다.*" 그녀가 꾸짖었다. "쓸데 없는 얘기하면서 여기서 시간을 낭비하고 있잖아요."

셀빅은 긴 갈색머리 가발을 꺼냈다. 볼품없고 엉켜 있었다. 그는 완벽하게 변장할 수 있는 무언가를 찾으려고 가방을 뒤졌다. 그리고 우연히 염소수염도 찾았다. 그는 수염을 붙이고 바보같이 웃었다. "엉망진창이군."

"예산을 따러 온 비밀 요원으로는 나쁘지 않네요." 달시가 말했다. 그녀는 풍성한 금발머리 가발을 쓰고 가상의 카메라 앞에서 사진을 찍는 포즈를 취했다.

펠릭스는 가방을 뒤졌지만 쓸 만한 것이 남아 있지 않았다. "음, 난 어떻게 변장하죠? 저도 이 작전의 일원인데요."

"넌 세상에서 가장 유명한 과학자가 아니니까 괜찮을 거야." 달시가 말했다.

셀빅은 가발을 쓰고 있는 것이 괴로웠다. 머리가 가렵고 얼굴도 가려웠다. 바보처럼 보였다. 하지만 그 무엇도 문제가 되지 않았다. 그는 지금 여기 있고 임무를 수행할 때였다.

"계획이 뭐죠, 박사님?" 펠릭스가 물었다.

셸빅은 말없이 생각에 잠겼다.

"일단 들어가면 어떻게 할지 알게 될 거야. 안의 분위기가 어떤지부터 살펴보자." 달시가 말했다. "변수들은 내가 알아서 할게."

펠릭스와 달시, 셸빅은 가파른 차도를 터벅터벅 걸어 올라갔다. 언덕 위에 있는 빅스비의 본부는 조용하고 경비가 없었다. 박람회가 진행됨에 따라 경비가 다소 느슨해진 모양이었다. 테라스에도 아무도 없었다. 수영장에서 장난치는 사람도 없었다. 광대한 부지에 가까이 다가갈수록 안에서 새어 나오는 희미한 음악 소리가 들렸다. 현관문이 자동으로 열리며 빅스비-콘에 온 것을 환영했다. 발명가, 유사 과학자, 정보 광고 세일즈맨 그리고 인터넷 유명 인사들이 저택 주변에 부스를 차려놓고 각기 획기적인 발명품처럼 보이는 것들을 진열하고 있었다. VR 체험, 수작업으로 만든 테이블, 시연 등으로 가득했다.

셸빅은 방을 둘러보고 낯익은 얼굴들을 찾으려 했지만 하나도 찾을 수 없었다. "이 사람들은 모두 가짜야. 돌팔이에 리얼리티 TV에 나오는 배우들뿐이야." 그는 신경질적으로 말했다.

"진정하세요. 우린 이제 도착했다고요." 달시가 말했다. "이건 별난 괴짜 박람회예요. 우리가 상상했던 권위 있는 엑스포가 아니라요. 누가 신경이나 쓰겠어요? 우린 그냥 빅스비 때문에 온 거니까 거기에 집중해요."

웨이터가 미트볼이 담긴 트레이를 셀빅의 얼굴 앞에 흔들었다. "핌 입자 어떠세요? 안에 리코타 치즈가 들어 있어요."

"*좋아요!*" 펠릭스가 소리쳤다. 그는 세 개를 한 번에 입에 넣고 급히 게걸스럽게 먹어 치웠다.

"고마워요." 셀빅이 내키지 않는 듯이 말하며 트레이에서 미트볼을 하나 집어 들었다. 그리고 한입 깨물고는 움찔했다.

로비의 테이블에는 쾌활한 여성이 관객이 오는 상황을 체크하고 있었다. 그녀는 린다♥라고 쓰인 커다란 흰색 이름표를 달고 있었다. 린다의 앞에는 소유주를 알 수 없는 이름표가 수백 개 펼쳐져 있었다.

"안녕하세요, 안녕하세요!" 린다가 말했다. "제1회 빅스비-콘에 오신 걸 환영합니다! *예!*" 그녀는 테이블 밑에서 클립보드를 꺼냈다. 얼른 명단에서 참석자 이름을 지우고 싶은 마음이 간절한 것이 분명했다. "성함이 어떻게 되시나요?"

"곧 말씀드릴게요, 린다." 달시는 이름표들을 꼼꼼히 살펴보며 말했다. 어떤 것들은 외국 이름이었고 어떤 것들은 상당히 친숙한 이름들이었다.

"조, 할리웰, 벤하모우, 말로우⋯ 배너?! *이 사람들이* 오는 건 아니죠, 그렇죠?"

린다는 그 질문에 부끄러운 듯이 말했다. "빅스비 씨가 테이블을 정리했어요. 제 생각에 이 중에 몇몇 분들은 그냥 보려고 놓은 것 같아요." 그녀가 솔직하게 인정했다. "제가 뭘 알겠어요? 인터넷으로 이 일을 구했을 뿐인데요. 하하!"

"저도 그런 적 있어요." 달시가 말했다. 그녀는 이름표를 좀 더 훑어보았다. "유명한 욕심쟁이들도 많고 머릿수를 채우기 위한 사람들도 많네요. 제대로 된 과학자 양반들도 있고… 어떤 상황인지 대충 알겠어요."

린다는 클립보드를 가볍게 흔들며 말했다. "그럼 *당신*은 어떤 분야에 종사하고 계시나요?"

달시는 이름표를 고르고는 다른 사람들에게 보여주었다. "페니 밀러, 미세신경생물학자가 여러분을 받들어 모시겠습니다." 달시는 다른 이름표를 골라 셸빅에게 붙여주었다. "그리고 저의 좋은 친구이자 재생에너지 개발자 브리잔 버스티그입니다."

"고맙네, 페니." 셸빅이 냉랭하게 말했다.

펠릭스는 달시의 옆구리를 팔꿈치로 찌르며 말했다. "*제 건 뭐예요, 페니?*"

달시는 아무것도 적혀 있지 않은 이름표에 *인턴 펠릭스*라고 빨간 글씨로 크게 적어서는 펠릭스의 가슴에 갖다 댔다.

셸빅이 자신의 주머니를 두드리며 말했다. "린다, 제가 일정표를 잊어버린 것 같아요."

"걱정 마세요." 린다는 빅스비-콘이라고 굵은 글씨로 적힌 팸플릿을 건넸다. O(BIXBY-CON의 O)가 있어야 할 자리에 이그나티우스 빅스비의 얼굴이 들어가 있었다. 동그란 빅스비의 얼굴은 수년 간 엉터리 태닝을 해서인지 오렌지색을 띄고 있었다. 눈두덩은 부은 듯이 튀어나왔고 치아 사이는 수 밀리미터나 떨어져 있었다. 그의 얼굴은 마치 금방이라도 폭발할 것 같았다. 린다는 팸플릿을 펼쳐서 설명하기 시작했다.

"여러분에게 필요한 것은 여기 다 있어요. 층별 지도와 이벤트 스케줄이죠. 바이오미스트와 멋진 물방울 등의 하이라이트도 준비되어 있죠. 전 엘로디 박사의 엔트로피 회로를 살펴보시길 강력히 추천해요. 오늘 저녁에는 안나와 애블레이션이 출연해서 제가 좋아하는 히트곡 '베이퍼라이즈'도 부를 예정이에요. 화장실은 1층에 있고 휴게실은 건물 곳곳에 마련되어 있어요. 비전과 사진 찍는 것도 잊지 마세요!"

"뭐라고요?" 달시가 말했다. "어어, 그 이름을 말하는 건 금지되어 있어요."

"아, 아니에요. 이건 스펠링이 Y예요." 린다가 분명하게 말했다.

"V-I-S-Y-O-N 이요?"

"아니요, V-Y-S-I-O-N요."

"어이가 없네." 달시가 말했다.

"*저한테* 뭐라고 하지 마세요, *제가* 결정한 사안이 아니니까요." 린다가 대꾸했다. "곧 발코니에서 빅스비 씨의 발표가 있을 거예요. 위층으로는 올라가시면 안 됩니다. 출입 *금지 구역*이에요. 아 그리고 침투성 세포막은 절대 건드리지 마세요. 뭐든지 덮어버리는 것 같더라고요."

"정말 많은 도움이 됐어요, 린다." 달시가 인사했다. "고마워요."

린다는 도움을 주어서 기뻤다. "별 말씀을요. 전 제 정치학 학위를 정말 제대로 활용하고 있는 것 같아요, 그렇지 않나요? 하하하. 즐거운 시간 보내세요!"

"여기는 전부 구린 사람들뿐이에요. 패배자라고요." 펠릭스가 중얼거렸다.

"우리도 여기 있는 사람들이야. 그럼 우린 뭐니?" 달시가 물었다.

펠릭스는 잠시 생각했다. "야심 찬 승리자들이요."

"비시와 안젤리카, 아노키가 이곳에 오려 하지 않은 게 너무나 당연하군. 온통 가짜들이야. 진짜 과학자들은 하나도 없어. 그저 유명인이 되고 싶은 사람들뿐이지. 인류의 발전을 위해서가 아니가 유명세 때문에 여기 온 것 같아." 셀빅이 강조하며 말했다.

"우린 저 사람들을 보려고 온 게 아니잖아요. 빅스비를 찾아온 거예요. 조금만 참으세요, 박사님. 우리가 찾던 답이 오고 있어요. 전 느낄 수 있어요." 펠릭스가 말했다. "그리고, 음. 화장실을 좀 가야겠어요."

"드디어!" 셀빅이 아는 얼굴을 발견하고 그들의 주의를 끌려고 누군가를 가리켰다. "만수르 암예드 박사야! 암예드, 친구! 여기야!"

달시가 셸빅의 팔을 잡아당겼다. "지금은 에릭 셸빅이 아니에요. 잊었어요? 박사님 친구들과 술래잡기 할 시간이 아니라고요." 그녀가 경고했다. "그리고 억양 좀 바꿔요. 아니면 아예 아무 말도 하지 말든가."

셸빅은 달시의 손을 치우며 말했다. "날 아이처럼 다룰 필요까지는 없어." 그는 이렇게 말하고는 구겨진 셔츠를 폈다. "브리잔 버스티그가 되어야 한다면 그 역할에 충실하도록 하지." 그리고 순식간에 셸빅은 군중 속으로 사라졌다.

"제발 살아서 돌아갈 수 있었으면 좋겠다." 달시가 한숨을 쉬었다. "펠릭스, *린다는 나랑 똑같이 정치학을 전공했어. 이게 내 미래를 뜻하는 건 아닐까? 내 정체성에 대한 위기를 느끼기엔 적절한때가 아닌 것 같긴 하지만…*." 그녀는 뒤로 돌아서서 펠릭스가 사라진 것을 발견했다.

펠릭스는 반짝이는 크리스마스 전구들로 뒤덮인 부스로 걸어가고 있었다. 그곳에는 싸구려 재질로 만든 붉은 턱시도를 입은 여성이 조용히 졸고 있었다. 그녀의 뒤에는 작은 케이지 오십 개가 있었고 안에는 오십 마리의 작은 토끼들이 들어 있었다. 그리고 앞에는 사이언티피카의 기적의 유전자 드라이브라고 쓰여 있었다. 펠릭스는 휘파람을 불어 그녀를 깨웠다. 깜짝 놀란 여성이 졸음을 내색하지 않으려고 서둘러 일어섰다.

"어서 오세요, 꼬마 신사분!" 사이언티피카가 말했다. 그녀는 팔과 다리를 흔들며 이상한 표정을 지었다. "죄송해요. 명상에서 금방 깨어나서요. 사이언티피카의 기적의 유전자 드라이브에 오신 걸 환영합니다. 전 이곳을 맡고 있는 사이언—" 펠릭스가 그녀의 말을 끊었다. "그런 부연 설명은 안 하셔도 돼요. 이건 전부 뭐예요?"

"*단도직입적이군*, 맘에 들어요. 제가 과학계에 제안하고 있는 것은 진정한 혁신이에요. 독특한 유전적 특성을 만들어내는 기술과 그것을 유기체에 직접적으로 주입하는 기술이죠. 유전자 드라이브로 알려진 이런 특성들을 통해 그 유기체의 DNA를 변화시키고 결국에는 전체 인류에 퍼지게 된답니다."

"그럼 토끼들은 뭐죠?"

"내 뒤에 있는 토끼들은 모두 유전자 드라이브를 통해 변형된 녀석들이에요. 소화 시스템을 개조해서 채소 대신 고기를 먹을 수 있게 되었죠."

달시가 펠릭스의 어깨를 쳤다. "네가 재미있는 걸 발견한 건 분명히 알겠지만 우린 가야 해." 그들은 사이언티피카에게 공손히 인사를 하고 사람들 속으로 향했다.

"곧 다시 오세요." 사이언티피카는 하품을 하고 다시 낮잠을 청했다.

셸빅은 낯선 이들에게 어떤 이유로 이 행사에 왔는지를 물어보고 다른 사람들의 대화를 엿들으면서 방 안을 떠돌아다니고 있었다. 그들 대부분은 자리를 메우기 위해 동원된 사람들로, 빅스비가 즐거운 시간을 보내라고 고용한 것이었다. 셀빅은 이런 사람들과 대화를 해야 한다는 사실이 혐오스러웠지만 진실을 찾기 위해서는 그렇게 해야만 했다. 대릴이라는 이름표를 달고 있는 어떤 남자가 셀빅이 앉아 있던 휴게실로 느긋하게 걸어갔다. 대릴은 갈색 머리를 가진 보통 체격의 평범한 남자였다. 그는 매의 눈으로 방을 바라보다가 셀빅에게로 향했다.

"실례합니다만, 혹시 양자미래학에 대해서 얘기해준 사람이 있었나요?" 그가 물었다.

"관심 없어요." 셀빅이 조용히 말했다.

"언제 한번 레녹스 이론에 대해서 얘기를 했으면 합니다." 대릴이 말했다.

"아뇨, 괜찮습니다." 셀빅이 대답했다. 그의 말투가 다소 냉랭해졌다.

"괜찮으시다면 가넷-보위의 이론이 주는 효과에 대해서 얘기해볼 수도 있는데요—"

셀빅은 더 이상 듣고 싶지 않았다. "사이비 유사 과학 같은 헛소리는 그만해요. 날 내버려 둬요. 중요하게 할 일이 있어서 왔으니까."

"오! 그럼 처음부터 그렇게 말씀하시죠. 전 당신도 나처럼 배우인줄 알았어요. 그래서 교묘하게 피라미드 계획을 얘기했던 거예요." 대릴이 말했다. 그는 음료수를 꿀꺽꿀꺽 마셨다. "빅스비가 뭔가 엄청난 걸 소개한다는데 그게 모든 걸 바꿔버릴 거라더군요."

"그 사람은 흡혈귀요. 과학 기술을 사서 다른 사람들의 발견을 삼켜버리고는 자기 거라고 주장하지요."

"그런데… 당신은 여기 있군요." 대릴이 말했다.

"난 선택의 여지가 없었어요. 이런 말하기는 부끄럽지만 절박하기도 했고." 셸빅이 빅스비의 발표에 대해 물어보기 전에 귀에 익은 목소리가 들려왔다.

"어느 정도의 절박함은 누구도 해치지 않아요." 셸빅은 뒤를 돌아 화제의 인물인 남자와 마주보았다. 이그나티우스 빅스비였다. 그는 작은 키에 꽉 끼는 티셔츠와 황토색 슬랙스를 입고 있었다. 빽빽한 흰머리를 뒤로 완전히 빗어 넘긴 모습은 멀리서 보면 마치 헬멧을 쓰고 있는 것 같았다. 빅스비는 재산은 많았지만 패션에 대한 센스는 부족했다. 사실 조금도 신경 쓰지 않았다. "우리가 만나다니 믿기지가 않군요." 그는 셸빅의 이름표를 의아하게 바라보았다. "브리잔 버스티그와 전 사이언티픽 아메리칸 호라는 요트를 공동 소유하고 있어요."

셸빅은 달시의 경고가 떠올랐다. 그는 재빨리 목을 가다듬은 후에 노르웨이 억양으로 말했다. "아이고, 이런. 세상에나 이름표를 잘못 달고 있었군요. 죄송합니다."

"그럴 수도 있지요. 누구신지는 모르겠지만 즐거운 시간 보내고 계신가요?"

셀빅은 간신히 미소를 지었다. "물론이죠."

"이런 곳에는 돌팔이들이 많지요. 거물들을 모시려고 했는데 스케줄을 맞추기가 얼마나 힘든지 아시잖아요. 그들도 내가 공개할 *나의* 거물을 본다면 올걸 그랬다고 후회할 겁니다."

이제 셀빅의 관심이 더욱 커졌다. 그는 빅스비와 이렇게 가까이 있는 것이 싫었지만 지금이야말로 결정적인 정보를 얻을 절호의 찬스라고 생각했다. "그게 뭔지 얘기해봐요." 그가 말했다.

"안 돼요. 듣고 나면 그냥 가버릴 거잖아요. 하하하." 빅스비가 낄낄거리며 웃었다. "곧 알게 될 겁니다." 그는 셀빅의 등을 치고는 위층으로 올라갔다. 발표가 막 시작되려는 참이었다.

한편, 달시와 펠릭스는 행사장을 거닐면서 전시 테이블을 둘러보고 있었다. 그들은 문제를 해결하기 위해서 열심히 눈동자를 굴렸지만 누구도 답이 무엇인지 알지 못했다. 아무도 없는 방 한가운데서 상영되는 비디오 프레젠테이션이 그들의 관심을 끌었다.

"스마트 블롭! 즐거움의 미래가 *바로 여기* 있습니다!" 요란한 소리와 함께 비디오가 시작되었다. 스크린에는 힘들어 보이는 두 어린이가 얼룩덜룩한 점액 덩어리를 주고받으며 놀고 있었고 옆에는 한 여성이 이를 지켜보고 있었다. "이 젤라틴 공은 당신의 가족에게 즐거움을 주기 위해 고안된 수백 개의 작은 나노 로봇들로 가득 차 있습니다!"

"이건 허울뿐인 가짜 과학 쓰레기 같은 거야." 펠릭스는 중얼거렸다. 그는 라임그린색의 스마트 블롭이 들어 있는 통을 가리키며 말했다. 마치 녹아내리고 있는 것처럼 보였다. "하나 들어봐요, 달시 누나." 그가 달시를 쿡쿡 찔렀다. "공짜라고요."

달시는 관심이 없었다. "사양할게." 그녀는 저 멀리서 캐주얼하게 수수한 재킷에 청바지를 입은 한 여성을 발견했다. 그 여성은 머리를 뒤로 묶고 야구 모자를 쓰고 있었는데 모자에는 컬버 대학의 로고가 큼직하게 달려 있었다. 그 여성은 신중하게 주위를 둘러보며 방 안을 가로질러 걸어갔다. 하지만 달시의 눈길을 끈 것은 그녀의 행동이 아니었다. 모자에 난 구멍 때문이었다. 희미했지만 분명 구멍이 나 있었다.

내 모자처럼 보이는데. 달시는 이렇게 생각하고 좀 더 자세히 보기 위해 그녀에게 다가갔다. *제인한테 빌려줬던 바로 그 모자야.*

CHAPTER

8

달시는 군중 속으로 미끄러지듯이 들어가서 몸을 숙이고 비틀어 사람들을 피하면서 앞서 사라진 여성을 찾으려 했다.

웨이터가 음료수 쟁반을 들이밀었다. "감마 봄 드시겠어요?"

"괜찮아요." 그녀는 쟁반을 밀치고 여자에게 계속해서 다가갔다.

달시는 여자와 점점 가까워질수록 확신이 들었다. *분명 제인이야*, 그녀는 생각했다. *저건 내 모자야.* 마침내 달시는 방을 가로질러가는 여자의 동선을 파악하고 앞질러가서 가로막았다. "제인?" 달시는 제인의 앞에 서서 눈을 바라보며 말했다.

제인 포스터 박사는 놀랍고 당황한 듯했다. 그녀는 달시를 이런 상황에서 만날 거라고는 생각하지 못했다. 이런 이벤트에서 누군가 아는 사람을 볼 거라고도 예상치 못했던 것이다. 그래서 한편으로는 편한 마음으로 참석하기도 했다. 제인은 잠시 놀라서 말을 잇지 못하다가 이내 달시를 커튼 뒤로 끌어당겨 골방으로 들어갔다. "달시, 여기서 뭐 하는 거야? 그런 인형 같은 가발은 왜 쓰고 있어?"

달시는 제인을 잡고 끌어안았다. "박사님을 다시 봐서 얼마나 기쁜지 아마 모를 거예요. 절대 몰라요. 제인, 우린 당신이 어쩌면—"

제인도 달시를 안으며 말했다. "그만." 그녀는 달시의 입에 손가락을 갖다 대며 말했다. "난 여기 있어. 살아 있다고. 모든 게 잘 될 거야." 그녀는 주위를 돌아보면서 다른 일행이 있는지 살폈다. "에릭 박사님과 같이 왔어?"

"네. 박사님도 여기 있어요. 여기저기 둘러보면서. 꽤나 흥미로운 며칠이었어요. 적어도 흥미롭기는 했어요. 묻고 싶은 말이 백만 개는 있는데 언제쯤 물어볼 수 있을까요? 제일 중요한 첫 번째 질문. *대체 어디에 있었던 거예요?*"

제인은 긴장된 듯 좁은 공간을 걸어 다녔다. 그녀는 이곳에 온 목적이 있었지만 달시를 만난 순간 모든 것이 바뀌어버렸다. 제인은 근처에 있는 의자에 앉아 달시의 얼굴을 지그시 바라보았다. 오랫동안 혼자 지냈던 그녀는 달시를 보자 안심이 되는 듯했다. "난 혼자 떠나야만 했어." 제인이 말했다. "널 보호하기 위해서. 셀빅 박사님과 내 연구를 지키기 위해서. 저 너머에 거대한 세력이 있어, 달시. 믿을 수 없을 정도로 강력한 힘을 지니고 있지. 혼돈과 파괴를 가져올 거야. 그들은 우리가 알고 있는 자연의 법칙을 무시해. 테서랙트, 에테르… 그것들은 그저 시작일 뿐이야."

"당신도 이제 박사님처럼 말하는군요. 대학살로 머리에 다시 안개가 끼기 전까지는 에릭 박사님도 아주 잘 지내고 있었어요."

"나도 그렇게 생각했어. 내가 박사님을 다시 되돌리도록 도와주지 못해서 미안해. 하지만 나는 알지만 박사님은 모르는 것들이 있었어. 박사님에게서 숨겨왔던 것들이지. 알면 완전히 미쳐 버릴지도 모른다고 생각했거든." 제인이 한숨을 쉬었다. "너무 늦어버린 게 아니었으면 좋겠어."

갑자기 펠릭스가 커튼 뒤에서 불쑥 나타났다. "달시 누나, 다시는 그런 식으로 날 두고 가지 말아요! 어떤 이상한 놈이 날 데려가려고 했단…" 펠릭스는 제인을 알아보았다. "오. 엠. 지." 그는 눈앞의 상황을 믿지 못하겠다는 듯이 고개를 흔들었다. 펠릭스가 입을 벌리자 말들이 순식간에 쏟아져 나왔다. "포스터 박사님, 박사님은 제가 언제나 최고로 존경하는 히어로예요. 제가 박사님 포스터를 갖고 있거나 해서 그런 게 아니에요. 제 방이 있었다면 포스터를 샀을 거예요. 아니면 집이 있었다면요. 전 노숙자나 마찬가지거든요. 뭐가 됐든 상관없어요. 박사님은 완전히 감동이에요. 전 아인슈타인-로젠 다리 때문에 과학에 사로잡히게 되었어요. 사실 이유들 중 하나지만요. 제 부모님은 과학자예…였어요. 비록 부모님은 더 이상 물리적으로 이 세상에 존재하고 있지 않지만 여전히 그들을 느낄 수 있어요. 에너지 보존의 법칙인 거죠. 박사님도 절 느끼고 계시는 것처럼요. 이 말씀은 드려야겠네요. 포스터 박사님, 당신은 제 인생에 엄청난 영향을 미친 분이에요. 과학적인 분야뿐만이 아니에요. 그 점에 대해서 정말 감사해요. 박사님은 정말 최고예요."

제인이 달시를 바라보며 물었다. "네 친구야?"

"애는 펠릭스예요." 달시가 대답했다.

"전 새로 들어온 인턴이에요." 펠릭스가 자신의 이름표를 가리키며 말했다. 그리고 주머니에서 빅스비-콘의 팸플릿을 꺼내어 제인에게 내밀었다. "여기 사인 좀 해주실래요?"

"*지금*은 안 돼, 이 녀석아." 달시가 말했다.

"만나서 정말 반가워, 펠릭스. 그렇게 말해줘서 고맙구나." 제인이 말했다.

펠릭스는 긴장한 듯이 두 손을 비벼댔다. "핌 입자 드실래요? 아니면 감마 봄은 어떠세요? 아까 보니까 새우도 보이던데 하나 갖다 드려요?"

"아니야, 괜찮아." 제인이 말했다. "우린 에릭 박사님을 찾아야 해. 이제 모든 걸 털어놓을 때가 왔어."

그때 장내 안내 방송이 들려왔다.

"여러분께서는 메인 홀로 가주시기 바랍니다. 곧 빅스비 씨의 발표가 있을 예정입니다."

달시는 뭔가 불안했다. "아래층으로 내려가는 건 어때요, 제인?" 그녀가 물었다. "참, 요 근래 토르와 연락한 적 있어요? 토르가 빌 나이가 나오는 영화 DVD를 가져갔어요. 돌려받아야 하는데."

"난 저쪽으로 갈 거야. 그리고 그 DVD는 아마 돌려받기 어려울 것 같은데."

펠릭스는 커튼 사이로 머리를 내밀어 다른 쪽에 있는 방에서 전체 요리를 만지작거리고 있는 셀빅을 보았다. 펠릭스는 셀빅과 눈이 마주치자 힘차게 손을 흔들었다.

"이거 뭔가 *어색해질 것 같은데*." 달시가 말했다.

셀빅이 커튼을 열고 골방으로 들어왔다. 셀빅과 제인은 서로 말없이 따뜻하게 서로를 끌어안았다. 그는 잠시 그녀의 미소 띤 얼굴을 한참 동안 바라보았다. "몇 년 전 네 아버지가 세상을 떠났을 때 네가 내 조언이 필요할 때면 언제나 네 옆에 있어주겠다고 결심했어. 널 보호하는 건 내 책임이라고 생각했고 난 그 책임을 무겁게 받아들였어. 그래서 널 아끼고 사랑하는 마음으로 이 질문을 해야겠구나. 제인, 지금까지 대체 어디에 *있었던 거니?* 넌 아무 말도 없이 떠났어. 혼자 있을 때가 필요하면 그렇게 해. 그런데 왜 어디에 있을 거라고 아무에게도 얘기하지 않은 거야? 왜 대학살이 있고 나서도 나타나지 않은 거니? 적어도 네가 무사하다는 것은 알려줘야지."

"전부 설명할게요, 박사님. 그런데 죄송하게도 지금 당장은 힘들 것 같아요." 제인이 말을 시작했다. "오해하게 하려던 건 절대 아니었어요. 믿어주세요. 제가 하던 연구 때문에 계획하지 않았던 방향으로 가게 된 거예요. 박사님과 달시를 끌어들이면 모두를 위험에 빠뜨릴 수 있다고 생각해서 얘기하지 않았을 뿐이에요. 혼자 해야만 했어요. 사실 오늘 이곳에 올 계획도 없었어요.

하지만 빅스비가 무언가를 보여줄지도 모른다고 믿었고 그게 뭔지 꼭 알아야 했어요."

셀빅은 고개를 끄덕였다. 제인의 의견을 모두 이해한 것은 아니었지만 그는 그녀를 깊이 신뢰하고 있었고 그 대답을 수긍했다. 제인은 지구상에서 가장 똑똑한 사람 중 한 명이니까 자신이 무엇을 하는지 알고 있을 것이라 믿었다. "그럼 서로 알고 있는 이야기를 비교해보자." 셀빅이 말했다.

"지금 소름 돋았어요." 펠릭스가 말했다. "나만 그래요?"

셀빅이 먼저 말을 꺼냈다. "대학살 사건은 우리가 접촉했던 것들과 긴밀히 연결되어 있어. 거대한 힘을 지니고 있으면서 매우 독특한 에너지를 갖고 있는 것들이야." 그가 설명을 이어갔다. "난 네가 에테르에 대해서 경험했던 것에 대해 더 알아야 했어. 그래서 달시와 펠릭스와 함께 널 찾으려고 길을 떠났지. 안젤리카 탄은 네가 어디에 있는지 얘기해줄 수는 없었지만 네 비디오 일기를 보여주었어. 일기에서 넌 아스가르드에서 봤던 책에 대해 언급했지. 우주를 좌지우지할 수 있는 힘을 지닌 물체에 대해 적혀 있다던 책 말이야. 지금까지 그 물체에 대해서 조사하고 있었던 거니?"

"맞아요." 제인이 말했다. "그런데 어떻게 그걸⋯?"

"제가 암호를 해킹했어요." 펠릭스가 당황해하면서 어깨를 으쓱했다. "죄송해요."

"아스가르드에 갇혀 있는 동안 전 오딘의 도서관에 들어가게 되었어요. 그곳에 가려던 것은 아니었지만 어쨌든 갔어요. 제가 거기서 할 일이 뭐가 있었겠어요? 시간이 남아돌았는데요. 그곳에는 눈에 띄는 책이 한 권 있었어요. 처음에는 소설이라고 생각했죠. 말도 안 되는 이야기니까요. 태초의 우주 에너지로 만들어진 다양한 색깔의 스톤이 각각 고유의 힘을 지니고 있다니. 완전히 꾸며낸 이야기 같잖아요, 안 그래요?"

"이상 신의 전 여친의 말씀이었습니다." 달시가 중얼거렸다. 펠릭스는 팔꿈치로 그녀의 옆구리를 지그시 눌렀다.

"전 한동안 그 책에 대해서 잊고 지냈어요. 에테르에 대한 경험이 저를 완전히 삼켜버렸으니까요. 그 경험을 어느 정도 극복하고 나서야 제가 읽었던 내용이 무엇이었는지 깨달았어요. 그건 지어낸 얘기가 아니었어요, 사실이었죠. 회복하는 과정이 진행되면서 과거의 기억들이 물밀 듯이 밀려왔어요. 에테르, 테서랙트, 로키의 창… 그것들은 모두 연결되어 있어요. 분명 박사님 말이 맞아요. 우리는 전 우주에서 가장 강력한 힘과 접촉했던 거예요. 바로 인피니티 스톤이에요."

셀빅은 제인의 이야기를 듣고 자신의 강박이 헛되지 않았다는 것에 안도했다. 그는 더 많은 정보를 듣고 싶어서 견딜 수가 없었다.

"계속해봐…."

"여섯 개의 인피니티 스톤은 태고의 우주가 시작될 때 생겨났어요. 각 스톤은 우주가 가진 독특한 특성들을 상징하고 있어요. 타임, 스페이스, 마인드, 리얼리티, 파워 그리고 소울이죠. 그 스톤들은 너무나 강력한 힘을 갖고 있어서 그 힘을 진정시키고 위치를 쉽게 찾지 못하게 하는 특수한 보호 케이스에 담아놓았어요."

셸빅은 그 사실에 홀린 듯이 말했다. "그 테서랙트… 그건 그저 케이스일 뿐이었구나…."

"스페이스 스톤이에요. 무언가와 연결하는 통로를 만들죠. 아인슈타인-로젠 다리처럼요. 규모는 완전히 다르지만. 스페이스 스톤은 훨씬 더 큰 포탈을 열고 광대한 거리를 이동할 수 있어요. 한계가 없어요. 우주의 어떤 공간과도 연결할 수 있죠. 스페이스 스톤은 또 엄청난 에너지원이기도 해서 사실상 모든 것에 동력을 공급할 수도 있어요."

"스톤의 힘이 너무 커서 그 힘을 담고 통제할 유일한 방법은 캡슐처럼 껍질을 씌우는 방법뿐이겠군요." 펠릭스가 말했다. "파란색 큐브인 테서랙트라는 케이스 안에요."

"맞아!" 제인이 소리쳤다. "바로 그거야."

달시는 이해할 수 없었다. "하지만 에테르는 스톤이 아니잖아…. 그건 마치… 핏빛의 안개 같았는데?"

"그렇지. 그리고 거기엔 이유가 있어. 에테르는 리얼리티 스톤이야." 제인이 비밀을 밝혔다. "에테르는 형태가 없는 모습으로 숙주의 몸을 점유하고 몸에 무한한 능력과 예측 불가능한 힘을 부여하지. 이건 우리가 이미 알고 있는 내용이야. 그런데 리얼리티 스톤은 제대로 된 형태를 갖게 되면 환영을 만들어내고 우리의 인식을 왜곡시킬 수 있어."

"그럼 *그건* 급속 양자 분리기군요!" 펠릭스가 큰소리로 말했다. "초유명한 물리학자 휴 에버렛 3세는 저 밖에는 헤아릴 수 없이 많은 평행 우주가 있다고 했어요. 어떤 것들은 우리의 우주와 비슷할 수도 있고 어떤 것들은 완전히 다를 수도 있죠. 간단히 말하자면 우리가 생각할 수 있는 어떤 현실이라도 존재할 수 있다는 거예요. 전 에테르의 기능이 급속 양자 분리기와 비슷한 것 같아요. 또 다른 현실에 접근할 수 있게 만들고 그 현실을 우리의 물리적 우주 공간에 재현해 보일 수 있다는 점에서 말이에요. 제가 제대로 이해했나요?"

제인은 감명 받았다. "넌 똑똑한 아이구나."

"맞아, 똑똑하지." 셀빅이 말했다. "계속 이야기해봐."

"보라색인 파워 스톤은 세상을 파괴할 수 있는 능력을 갖고 있어요. 전부 다 완전히요. 파워 스톤의 케이스는 오브라고 알려져 있어요. 녹색의 타임 스톤은 원하는 만큼 얼마든지 시간을 바꾸고 앞뒤로 돌릴 수 있어요." 제인이 설명을 계속했다. "박사님, 로키의 창에 대해서 박사님이 했던 말이 맞았어요. 로키의 창이 이 모든 것에 영향을 미쳐요. 그건 노란색 마인드 스톤을 보관하고 있을 뿐이었어요. 마인드 스톤은 정신과 행동을 지배할 수 있죠. 일단 모든 스톤들을 모으면 전 우주의 모든 존재를 완전히 지배하고 통제할 수 있어요." 제인은 계속해서 말을 이었다. "그 스톤들은 지금 이 순간에 지구에 있을 수도 있어요. 전 대학살이 벌어진 것도 스톤들이 한데 모였기 때문에 벌어진 일이라고 생각해요."

"그런데 박사님, 아까 스톤이 여섯 개라고 하셨는데 다섯 개만 설명하셨어요." 펠릭스가 말했다.

"오렌지색의 소울 스톤은 아직 미스터리한 부분이 너무 많아. 소울 스톤이 어떤 힘을 가지고 있는지, 어디에 있는지 아는 것이 하나도 없어." 제인이 말을 이었다. "처음에는 빅스비가 실제로 스톤을 갖고 있을지도 모른다고 생각했어요. 그러다 어떤 대화를 엿들었는데… 겁이 났어요. 박사님이 빅스비를 바보라고 생각하는 거 알아요, 또 사실인 부분도 있고요. 하지만 여기엔 이해관계가 얽혀 있다는 걸 이해해야 해요. 만일 박사님도 빅스비가 발을 담그고 싶어 하는 그 일에 관계되어 있다면 말이에요. 전 빅스비를 계속 조사하고 있었는데 그 사람은 박사님을 계속 감시하고 있더군요. 이제 빅스비는 지구를 파괴할 수 있는 어떤 장치를 만든 것 같아요."

"아니야." 셀빅이 말했다. "크레센트가 의미하는 것은 그게 아니야." 셀빅이 입술을 깨물었다. "어느 날 밤이었어. 난 피곤하고 불안한 상태로 음침한 그 모텔 방에 누워 있었지. 그때 어떤 생각이 떠올랐어. 한때 내 머리를 어지럽게 했던 생각들 중 하나였지. 난 아노키의 초대장에 있는 심벌을 보기 전까지 그 생각을 잊고 있었어."

"잠깐만요." 달시가 말했다. "초대장에 있던 그 심벌이 박사님이 벽에 휘갈겨 그렸던 초승달이랑 같은 거였어요? 그리고 그게 기계 장치라고요?"

"빅스비가 어떤 방법을 썼던 간에 내 아이디어를 도용한 거야. 날 따라 하고 있다고…"

제인이 셀빅의 눈을 바라보며 물었다. "그 크레센트는 어떤 장치죠, 박사님?"

갑자기 조명이 어두워지고 군중들이 조용해졌다. 빅스비가 등장할 시간이 온 것이었다.

"신사 숙녀 여러분, 뛰어난 학식을 지닌 모든 과학자 여러분. 전화벨을 꺼놓을 시간이 왔습니다. 메인 이벤트가 곧 시작됩니다! 놓치지 마세요!" 빅스비와 놀라울 정도로 비슷한 목소리가 인터콤을 통해 울려퍼졌다. "농담이 아닙니다. 반드시 핸드폰을 꺼두세요." 사람들이 모두 핸드폰을 확인하느라 십여 초 정도 침묵이 흘렀다. "좋습니다! 여러분들은 빅스비를 핸디-팬의 발명가로 알고 계시죠. 또 〈두대드 킹〉과 〈이건 무엇일까요?〉 같은 프로그램에 등장하는 텔레비전 속의 인물로만 생각하셨을 겁니다. 빅스비는 오십만 명이 넘는 팔로워를 갖고 있습니다. 독학으로 여기까지 온 바로 그 인물, 바로 그 사람을 위해 함께 손을 모아주시기 바랍니다. 이그나아아아티우스 빅스비!"

조명이 켜지고 붉은 벨벳 커튼 뒤에서 한 남자가 나타났다. 박람회장에는 우레와 같은 박수소리가 울려 퍼졌다. 자리에 모인 슈퍼-사이언스 워너비들은 있는 힘껏 박수를 쳤다.

"한심하군." 셀빅이 중얼거렸다.

빅스비는 이 상황에 완전히 심취해 있었다. 그는 마치 방금 복권에 당첨된 사람처럼 눈을 감고 공중에서 주먹을 불끈 쥐었다. "너무 과분하십니다." 헤드셋 마이크를 조정하며 말했다. 박수소리가 잦아들자 빅스비는 흥분을 가라앉히려고 발코니를 거닐었다. "여러분 옆 사람을 보세요. *지금요.*" 관중들은 그의 말에 따라 옆 사람을 바라보았다. "언젠가 머지않은 날에 지금 여러분이 보는 그 사람이 다른 *누군가*가 될 겁니다. *지금*은 비록 별로 중요하지 않은, 이름 없는 사람일 수도 있지요. 주변 사람들이 당신을 *하찮게* 생각하거나 '진짜 과학자'가 아니라고 생각할지도 몰라요. 그들의 생각이 옳은가요?"

잠시 어색한 침묵이 흐르고 관중들이 불만 섞인 야유를 터뜨렸다.

"그래요! 그들은 틀렸어요! 당신은 진정한 과학자이기 때문입니다!" 빅스비가 소리쳤다. 전시장은 다시 박수와 함성 소리로 가득 찼다. 쇼의 대가는 사람들의 반응이 만족스러웠다.

"어, 너무 역겹잖아." 달시가 불평했다.

"여러분들은 결코 믿지 못하겠지만, 저 역시 한때 여러분과 같았습니다. 완전히 아무것도 아니었지요." 빅스비는 주위를 어슬렁거리며 말했다. "전 성공을 너무나 간절히 원했기에 그 맛이라도 보길 바랐죠. 하지만 돌아오는 것은 실패뿐이었습니다. 그런데 그 맛은 너무나 썼어요!" 그는 침을 뱉는 시늉을 했다. 사람들은 키득거리며 웃었다. "전 살아남기 위해 해야 할 일을 했어요. 다른 사람들의 연구를 수용하고 더 발전시키는 법을 배웠죠."

"*도둑질하는 법이겠지.*" 셀빅이 분노에 차서 말했다. "다른 사람들의 연구를 훔쳤어."

"그리고 이제 전 부자가 됐어요. 얼마나 부자일지 계산을 해보세요." 빅스비는 어깨를 으쓱했다. 관중들은 박수를 멈추었다. 하지만 그는 동요하지 않았다. "우리 지구는 최근에 거대한 참사를 겪었습니다. 저는 그 일이 일어났을 때 욕조에 있었어요. 저의 불쌍한 비서들, 케이틀린과 코너는 제 눈앞에서 재가 되어 물속으로 떨어졌지요. 끔찍한 일이었어요. 저는 욕조를 비우고 모든 것을 소독해야만 했어요. 욕실을 몇 주나 사용하지 못했죠." 그는 코를 훌쩍이느라 말을 멈추었다. "이제 제 비서들은 이 세상에 없습니다." 그의 말투는 슬픔에서 분노로 바뀌었다. "그날 저는 그 대학살의 근본적인 원인을 밝히겠다고 맹세했습니다. 곧 공개할 제 조사는 충격적이었어요. 우리는 어벤져스들을 *히어로*라고 생각합니다. 그런데 혹시 *그들이* 저 우주 밖의 불미스러운 요소들을 끌어들이고 있다는 것을 눈치챈 사람이 있나요? 외계인, 로봇, 다른 여러 가지 현상들 말이에요. 이런 것들은 캡틴 아메리카 같은 사람이 나타나기 전까지는 존재하지도 않았습니다. 저도 캡틴을 좋아해요. 그런데 사실 토니 스타크? 대체 그 사람은 자기를 뭐라고 생각하는 겁니까? 이런 사람들이 벌이는 전투가 끝나고 지구에 남겨진 우주 에너지 때문에 지구가 힘들어하는 겁니다. 그런 우주 에너지는 *사라지지도 않아요.* 그 힘들이 우리의 도시와 땅에 스며들었어요." 그는 사람들의 반응을 유도하며 잠시 말을 멈추었다. "그리고 우리 몸속까지 말입니다. 이런 말을 하는 사람이 있었나요? 하지만 진실은 변하지 않는 법입니다. 우리가 좋든 싫든 우리의 세상은 천계의 힘으로 가득 차 있습니다. 그것들을 우주의 역류가 휩쓸고 간 여파라고 생각해보세요." 사람들은 웃음을 터뜨렸다.

"저건 *내가* 한 말인데." 달시가 화난 목소리로 말했다. "*빅스비가 내 대사를 훔쳤어.*"

"그게 저 자식이 하는 일이야." 셀빅이 중얼거렸다.

"우리는 이런 힘들에 의해 통제를 받아서는 안 됩니다! 이제 맞서 싸울 때입니다!" 빅스비가 사람들을 격려했다. 비서 한 명이 가장자리가 반짝이는 금색 실로 장식된, 검은 천으로 덮인 바퀴가 달린 받침대를 밀고 들어왔다. 무언가 미스터리한 물건이 들어 있는 듯했다. "우리의 영혼을 되찾을 때가 왔습니다." 빅스비는 관객들을 바라보면서 미소를 지었다. 그리고 혀를 가볍게 찼다. "이 아래 뭐가 있는지 궁금하신가요?"

"*네!*" 이제 사람들은 입에 거품을 물 정도로 흥분했다.

빅스비가 검은 천을 걷어내자 매끈한 은색의 장치가 모습을 드러냈다. 그것은 프리스비 정도의 크기에 휘어진 금속 물체로, 마치 초승달과 비슷한 형태였다. 그리고 밑 부분에는 작은 컨트롤 패널이 보였다.

"드디어 나왔구나…" 펠릭스가 숨이 막힌 듯 말했다.

"자, 이것이 바로 *크레센트*입니다. 제 위대한 발명품이죠. 우주의 에너지가 흐를 수 있는 파이프 역할을 해서 인류가 하늘에 접근할 수 있게 해주지요." 그는 받침대를 빙빙 돌리면서 모든 사람들이 볼 수 있도록 했다. "우리는 더 이상 역겨운 우주 게임에 저당 잡힌 볼모가 되지 않을 겁니다. 인류는 지구를 되찾아야 해요!"

셸빅은 분노했다.

"우린 저걸 다시 빼앗아 와야 해요." 펠릭스가 불만을 터뜨리며 말했다. "제 말 좀 들어봐요, 네? 만일 저게 우주 에너지의 통로라면 우리도 환영의 샘으로 뭔가를 해봐야 하지 않겠어요? 제가 그런 말을 꺼낼 처지가 아니란 건 알지만 그걸 이용해야 해요. 환영의 샘이 뭐랄까, 우주로 향하는 창문이나 뭐 그런 것이라면 왜 우리는 그 비극적인 사건을 파헤치기 위해서 박사님이 컨버전스 현상 때 사용한 중력 스파이크와 크레센트를 함께 이용하면 안 되는 거예요? 가능한 일이잖아요, 안 그래요? 그러니까 우리가 이 인피니티 스톤을 모두 공개해버릴 수 있잖아요." 펠릭스는 이마를 문질렀다. "머리가 터질 것 같아요."

셸빅은 생각에 잠겨 말이 없었다. 펠릭스의 말은 일리가 있었다. 하지만 그런 일을 실행하는 것은 쉽지 않을 것이다. 오랜 시간과 상당한 노력이 필요할 뿐더러 상세한 계획도 있어야 했다. 지금 상황에서는 아무것도 준비되어 있지 않았다. *"Bat sem ek óttask geymir þat sem ek þarfask.* 두려움을 극복해야 내가 원하는 것을 얻을 수 있다." 셀빅이 조용히 읊조렸다. "펠릭스 말이 맞아. 이제 우리 임무의 범위가 광대한 우주로 넓어진 거야. 가혹한 현실을 받아들일 때가 왔어. 우리는 저 크레센트를 훔쳐서 빅스비보다 먼저 환영의 샘으로 가야 해."

"뭐 어쩐다고요?" 달시가 물었다.

"펠릭스가 큰 그림을 보았고 나도 마찬가지야." 셀빅이 말했다. 그는 제인에게 조언을 구하기 위해 돌아섰다. 셀빅은 제인 없이는 이 임무를 시작할 수 없다고 생각했다. "우리가 할 수 있을까?"

"*저 장치*를 이용하면 환영의 샘을 활성화시킬 수 있을까요?" 제인이 되물었다. "어쩌면 가능할 수도 있겠죠. 저도 환영의 샘에 대해서는 스쳐 지나가듯이 들은 말 정도밖엔 없어요. 하지만 그에 대해서 밝혀낼 수 있을 거예요. 그런데 제 장비는 반드시 필요해요."

"필요한 건 뭐든지 구해주지." 셀빅이 말했다. "크레센트를 되찾을 유일한 기회는 지금이야. 반드시 찾아와야 해."

"*이건 완전 미친 소리야.*" 달시가 강한 어조로 말했다. "우린 그런 사람들이 아니잖아요!"

셀빅은 개의치 않았다. "제인, 넌 위층으로 몰래 올라가서 내 신호에 맞춰 크레센트를 갖고 나와. 달시, 펠릭스. 너희들은 제인이 크레센트를 훔치면 사람들의 주의를 흩어놔야 해."

그는 달시의 어깨에 손을 올렸다. "날 포기하지 않아줘서 고마워. 난 지금 자네가 필요해. 그 어느 때보다도. 함께해주겠나?"

"물론이죠. *지금 어떻게 싫다고 하겠어요. 그럼 완전 바보 되는 건데요.*" 달시가 말했다. "*박사님은 뭘 하실 거예요?*"

셀빅이 일어섰다. 그는 턱수염을 떼고 가발을 벗고는 군중 속으로 들어갔다. "빅스비가 원하는 걸 줘야지."

펠릭스의 눈이 휘둥그레졌다. "이제. *시작이군.*" 그와 달시는 정해진 그들의 위치로 향했다.

"이그나티우스!" 셀빅이 외쳤다. "내 아이디어로 지금 뭘 하고 있는 거지, 이 *사기꾼아?*"

빅스비의 얼굴에 퍼진 능글맞은 미소가 모든 것을 말해주고 있었다. 그 오랜 시간 동안 셀빅을 쫓아다녔는데 이제야 자신의 눈앞에 나타난 것이었다. 이보다 타이밍이 더 좋을 수는 없었다. "정말 오래도 걸렸군." 빅스비가 말했다. 관중들은 순식간에 조용해졌다. 그들은 눈앞에 펼쳐질 드라마에 몰두해 있었다. "자네가 못한 것을 내가 해내서 질투가 나나? 내 크레센트는 세상을 변화시킬 거야. 오랜 게임 때문에 안달이 났던 건 사실이야, 인정하지. 난 자네와 그 고결한 정신에 구애하는 데 지쳤어. 내가 자네를 미치게 만든 건 알아, 하지만 난 그렇게 해야만 했어. 그리고 그만뒀지. 이유가 뭔지 궁금한가?" 빅스비는 즐거운 듯이 이유를 밝히는 데 뜸을 들였다. "고등학교 때 여학생들은 늘 나를 너무 좋아했어. 그런데 내가 다가가면 그들은 주저했지. 그러다 내가 그들을 단념하면 내 집 앞으로 기어오는 거야. 자네도 과학과 논리를 탐구하는 사람이라면 내가 무슨 말을 하려는지 알겠지, 안 그래? 난 자네에게 구애하는 것을 그만두면 자네가 내 앞에 나타나는 것은 시간문제라는 사실을 알고 있었어." 빅스비는 발코니 난간에 기대어서 고개를 살짝 치켜들었다. "자네가 지냈던 모텔이 그리운가? 난 직접 뉴멕시코에 가보지는 않았지만 시패러라는 작은 모텔을 운영하는 켄과 흥미로운 대화를 나누었지. 켄은 돈이라면 어떤 일이라도 다 한다는 걸 알고 있었나? 그런 사람도 있어, 안 그래? 도덕심이 없지. 어쨌든 자네 방에 벌레가 나온 적이 없었기를 바라네."

'*저 방법으로 알아낸 거구나.*' 셀빅이 생각했다.

제인은 빅스비가 폭주하는 동안 자신의 위치로 이동했다. 그녀는 발코니 커튼 뒤에서 상황을 지켜보며 셀빅에게 고개를 끄덕였다.

"빅스비, 넌 과학계의 수치야. 발견이나 혁신에 대해선 전혀 개의치 않는 교활한 기만자야. 자신밖에 모르지." 셀빅이 단언했다. 그는 멍한 눈으로 그들을 바라보고 있는 군중들을 둘러보며 소리쳤다. "나와 함께합시다, 형제자매들이여! 함께 일어나서 이 이기적인 사기꾼을 내쫓읍시다!"

군중들은 방 뒤편에서 목소리가 들려오기 전까지 말이 없었다. "셸빅은 그가 우리보다 잘났다고 생각해!"

빅스비의 계획이 그의 바람보다 더 잘 실행되고 있었다. 셸빅은 사자굴 속에 있었다. 그리고 이제 곧 사자들이 먹이를 먹을 시간이었다. 그때 거대한 평면 텔레비전이 천장에서 내려왔다. 빅스비는 버튼을 눌러 영상을 재생했다. 셸빅이 나체로 스톤헨지를 뛰어다니고 경찰에게 쫓기는 모습이었다. 사람들은 소리를 지르며 웃음을 터뜨렸다. 셸빅은 속이 울렁거렸다. 무기력하고 좌절감이 들었다. 임무를 생각해, 그는 두려움을 떨치고 다시 집중했다. 셸빅은 의심스러울 정도로 무방비 상태인 크레센트를 몰래 훔치는 제인과 눈을 맞추었다. 계획의 첫 번째 단계가 끝났다. 셸빅은 방을 둘러보았지만 달시와 펠릭스를 찾지 못했다. 제인이 계단 발치에 다시 나타나기까지 몇 초가 흘렀다. 하지만 빅스비는 곧 제인을 발견했고 모든 것이 엉망이 되고 말았다.

"저 여자를 막아!" 빅스비는 추종자들에게 소리쳤다. 그들은 그다지 적극적인 사람들이 아니었고 대부분이 육체적인 활동을 꺼려했다. 한 번이라도 싸워본 적이 있는 사람도 없었다. 하지만 리더가 명령을 내렸고 그들은 그 명령에 따르는 것을 좋아했다.

"이걸 받아라!" 글로불러스 박사라는 이름표를 단 남자가 제인을 막아섰다. 그는 나노 기기로 가득 찬 스마트 블롭을 제인에게 던졌다. 던지는 힘이 약했기에 제인은 블롭을 가볍게 피하고는 정문으로 향했다. 글로불러스의 용감한 행동에 고무된 다른 참석자들이 제인이 탈출하는 것을 막기 위해 나노 로봇이 들어 있는 블롭을 집어 들기 시작했다. 셸빅은 마침내 펠릭스와 달시를 발견했다. 그들은 유전자 드라이브 부스 근처에 있었다.

"이제 완벽하고 위협적이지 않게 주의를 분산시킬 시간이야. 킬러 토끼들아, 공격해!" 펠릭스가 소리쳤다. 그와 달시는 재빨리 케이지들을 열어 토끼들을 바닥에 풀어놓았다. 군중들은 비명과 괴성을 지르며 토끼들을 피하려고 안간힘을 썼다.

출구 근처에서 허접한 안드로이드가 삐걱거리며 제인의 앞길을 막아섰다. 보통 크기 정도의 드론 몸체는 둔탁한 금속으로 되어 있었고, 마치 오래된 애니머트로닉스 놀이공권에서나 볼 수 있는데 호객 행위용 로봇과 상점의 마네킹을 섞어서 대충 만든 것 같았다.

"넌 대체 뭐야?" 제인이 물었다.

"나는. *비전이다.*" 로봇이 단어를 내뱉었다. "너는. *더 이상. 못. 갈. 것이다.*"

제인은 눈도 깜빡이지 않고 허리춤에 손을 뻗어 작고 날카로운 칼을 꺼냈다. "조악한 기술, 저급한 재료 그리고 상상력도 부족해. 네 *비전*은 근시간적이야. 이제 내 앞에서 비켜!" 그녀가 안드로이드의 배에 칼을 찔러 넣고 비튼 뒤, 칼을 로봇의 머리 쪽으로 틀어서 올리자 싸구려 금속이 찢어졌다. 안드로이드는 두 개로 쪼개져서 바닥에 쓰러졌다. 회로에 불꽃이 튀었다. "비브라

뉴으로 만들었어야지." 제인은 안전한 곳으로 도망가며 말했다.

셀빅은 출구로 급히 향하면서 뒤로 돌아 혼란스러운 광경을 바라봤다. 발코니 위에서는 빅스비가 그들을 노려보며 말없이 서 있었다. 빅스비의 표정을 본 셀빅은 성취감을 느꼈다.

"가요!" 달시가 셀빅을 문 밖으로 밀면서 소리쳤다. "승리는 나중에 축하하고요!" 그들은 최대한 할 수 있는 최대한 빨리 차도로 뛰어갔다. 차도 끝에 다다르자 숨이 차서 숨이 막혔다.

"경찰이 곧 이곳에 도착할 거예요." 펠릭스가 말했다.

"차는 어디 있어요?" 제인이 물었다.

셀빅은 당황한 눈으로 그녀를 바라보았고 제인은 상황을 눈치 챘다. 돌아갈 차가 없었던 것이다. "멋지군."

추파-추파-추파-추파-추파

어디선가 나타난 토마호크 헬리콥터가 굉음을 내며 불길하게 그들의 위를 맴돌고 있었다.

펠릭스는 겁을 먹지 않으려고 안간힘을 썼다. "여기까지네요." 그는 식은땀을 흘리며 말했다. "전 소년감호소 같은 곳에서 최후를 맞이할 거예요. 십 대 초반의 갱단 조직 사이에서 살아남으려면 감자칩과 사탕을 거래하고 맨손으로 사람 목을 조르는 법을 배워야 하겠죠. 제 모든 꿈과 미래가… 끝났어요!"

"진정해, 과민반응하지 말고." 달시가 말했다.

이때 헬리콥터에서 목소리가 울려 퍼지며 밧줄 사다리가 내려왔다. "어서 와! 여기 계속 있을 시간이 없어!"

펠릭스, 달시, 제인 그리고 셀빅은 선택의 여지가 없었다. 사다리를 타고 올라가는 것 말고는 갈 곳이 없었다. 그들은 재빨리 사다리를 타고 헬리콥터로 올라갔다. 그곳에는 안젤리카 탄, 아노키, 비시 반야가 있었다.

"놀랐지!" 반야가 기쁜 목소리로 소리쳤다. "타이밍이 제일 중요하다니까."

셀빅은 깜짝 놀라 어안이 벙벙했지만 이제 안전하다는 것에 깊이 감사했다.

"잠시 숨 좀 돌려요. 일 얘기는 좀 이따가 하고요." 아노키가 말했다. "그런데 벨트는 해야죠. 우린 노르웨이로 갈 거니까."

Chapter
10

"모든 게 너무 순식간에 벌어졌어요!" 펠릭스는 거의 비명을 지르다시피 했다.

조종석에 앉아 있던 반야는 펠릭스의 탄성을 듣고 웃음을 터뜨렸다. 안젤리카 탄은 펠릭스를 가장 친한 친구인 양 팔로 감쌌다. "우리는 환영의 샘으로 갈 거란다, 꼬마야. 수영복을 가져왔길 바란다."

달시가 손을 들고 물었다. "이건 누구 헬리콥터죠?"

탄은 반야가 옆에서 조종을 도와주고 있는 아노키를 가리켰다. 달시는 고개를 저었다. "현대 문명이 필요 없는 달콤한 생활이 또 있었네요."

"헬리콥터를 가지고 있다는 이유로 사과하지는 않을 거예요." 아노키가 말했다. "이게 없었다면 당신들은 할리우드 힐을 미친 사람들처럼 뛰어다니고 있었을 테니까요. 비시와 안젤리카, 내가 셀빅 박사님에 대해 충분히 잘 알고 있었기 때문에 이 계획을 실행에 옮기고 당신들 뒤를 쫓아와 구해줄 수 있었다는 걸 고맙게 생각하세요."

"포스터!" 탄이 소리를 질렀다. 그녀는 제인을 잡고 얼굴을 들여다보고는 꽉 껴안았다. "난 에릭에게 아무 말도 하고 싶지 않았어요. 당신이 해야 할 일을 하면서 어디엔가 있을 거란 걸 알고 있었으니까요." 그녀는 제인의 귀에 다가가 조용히 속삭였다. "에릭은 당신이 없으니까 완전 엉망이었어요. 다음번에 어딘가로 떠날 때는 꼭 귀띔을 해줘요, 네?"

아노키는 제인의 재킷을 가리켰다. "당신 옷에 끈끈한 액체가 묻어 있어요. 좀 닦지 않을래요? 내 헬리콥터에 묻히고 싶지는 않거든요."

"아, 미안해요." 제인이 점액질을 닦아내며 말했다.

셀빅은 구석에 앉아 크레센트를 꼭 쥐고 꼼꼼하고 주의 깊게 살펴보고 있었다. 그는 오랜 친구들을 만나자 안심이 되었다. 그들이 구해준 것에 감사했지만 한편으로는 목적지에 도착하면 무엇이 기다리고 있을지 두렵기도 했다. 인피니티 스톤의 존재와 그것들이 우주에서 어떤 역할을 하는지를 알게 된 것은 새로운 전환점이었다. 진실을 알게 되어 어느 정도 위안을 얻게 되자 셀빅에게는 또 다른 궁금증이 생겨났다. 위험한 불확실성이 눈앞에 닥친 것이었다. 엄청난 위험을 무릅쓰며 환영의 샘으로 가는 것이 그만한 성과를 거둘 수 있을까? 그는 아직 확신할 수 없었다. 하지만 분명한 것은 뭐가 됐든 지금 되돌아갈 수는 없다는 사실이었다.

달시가 셀빅의 옆으로 와서 앉았다. "우리도 헬리콥터 사면 안 돼요?" 그녀가 어깨를 들이밀며 말했다. "꼭 필요할 것 같아요. *과학을 위해서요.*"

셸빅은 달시와 얘기할 기분이 아니었다. 그는 머릿속을 맴도는 생각에 심취했다. 그들이 마주할 수 있는 수많은 시나리오에 몰두하고 있었던 것이다.

"우리는 지금 작전을 수행하는 중이에요, 보스. 바퀴가 굴러가고 있다고요." 달시가 말했다. "너무 걱정하지 말고 마음 편히 가져요."

"모두 내릴 준비해요!" 반야가 외쳤다. 그는 급작스럽게 헬리콥터를 개인 활주로에 착륙시켰다. "장비 챙겨서 움직입시다. 시간이 가고 있어요."

탄은 커다란 더플백 두 개를 집어서 어깨에 걸쳤다. "중력 스파이크가 필요할 것 같아서 챙겨왔어. 서늘하고 건조한 장소에 보관하고 있었거든. 상태가 아주 좋을 거야. 위상 측정기도 같이 가져왔어."

펠릭스는 일행의 뒤를 따라 맨 마지막으로 헬리콥터에서 내렸다.

"으으음. 전 우리가 환영의 샘으로 가는 줄 알았는데요."

"꼬마야, 헬리콥터로는 캘리포니아에서 노르웨이까지 갈 수가 없단다." 반야가 말했다. "우리는 *저걸* 타고 갈 거야." 그는 이동식 탑승교에 정차되어 있는 미끈한 검은색 초음속 제트기를 가리켰다. "좋아, 모두들 장비를 들고 제트기에 오르세요. 노르웨이가 우리를 기다리고 있습니다."

그들은 제트기 객실에 올라 자리에 앉았다.

"크레센트를 중력 스파이크에 고정시켜야 해." 셸빅이 말했다. "둘을 합체시키면 환영의 샘에서 분출되는 에너지를 흡수하는 피뢰침 역할을 할 거야. 스파이크 자체에서 다시 초점을 맞추어서 결국에는 아인슈타인-로젠 다리를 여는 거지."

"우주여행에 필요한 옷을 챙기라고 한 적 없잖아요." 달시가 말했다.

"내 이론이 맞다면 이 특수한 다리는 우주 사이의 공간을 여행하게 해주는 것이 아니야. 은하계를 직접 연결해서 왕래하는 도관이 될 거야." 셸빅이 설명했다. "절대 실수하면 안 돼. 환영의 샘에 대해서는 아는 것이 없어. 사실 이런 종류의 과학적 맥락을 이해하는 것이 어렵긴 하지만 그렇다고 해서 불가능한 것도 아니야. 우리가 하려는 일은 아주 위험해. 입증된 것도 없어. 모두 조심해야 돼."

"이론들은 매일 입증되고 있어." 반야가 의자에 몸을 기대며 말했다. "난 새로운 땅을 개척하기 위해서라면 스페이스 포탈에 빨려 들어가는 것도 괜찮아. 과학은 희생이잖아, 안 그래? 누구든지 나에 대한 기록만 남겨줘."

제인은 중력 스파이크를 꼼꼼히 살펴보았다.

"이건 손을 조금 봐야겠어요." 그녀는 스파이크를 손에 들고 자세히 들여다보며 말했다. "제가 할 수는 있는데 도움이 필요해요."

반야가가 무거운 배낭을 바닥에 내려놓았다. 안에는 특이한 도구들로 가득했다. "이것들이 도움이 될 거야." 그가 말했다. "내 아이들을 살살 다뤄줘. 내가 직접 만든 것들도 있거든. 최대한 조심해서 사용해야 해. 그리고 제발 현명하게 써줘."

펠릭스는 크레센트를 가리켰다. "좀 봐도 돼요? 절대 부수거나 하지는 않을게요." 셀빅은 크레센트를 펠릭스에게 건넸다. 펠릭스는 모든 구석구석과 틈새를 샅샅이 살폈다. "환영의 샘은 토르에게 환영을 보여줬어. 그래서 우리에게도 그 환영을 보여줄 수 있을 거라 생각해. 난 그 방법을 알아낼 거야."

제인은 펠릭스에게 중력 스파이크를 주면서 말했다. "우리가 뭘 할 수 있는지 한번 보자, 꼬마야."

펠릭스가 제인과의 작업에 착수하자 탄은 지난 모험에 대한 향수에 젖어들었다. "그때가 생각나네—"

"안 돼, 안젤리카. 지금은 그런 얘기할 때가 *아니야.* 당장 우리에게 *주어진* 임무에 초점을 맞출 때야." 반야가가 말했다. "난 벌써 지친 것 같아."

"조용히 해요!" 아노키가 소리쳤다. "제인과 펠릭스가 일하게 떠들지 말아요. 제트기로 가면 생각보다 빨리 도착할 테니까. 우린 오슬로에 내려서 기다리고 있는 차를 타고 최대한 빨리 튄스베르그로 향할 거예요."

탄은 달시에게 다가갔다. "이안은 그만뒀어요. 당신이 알아야 할 것 같아서요." 그녀가 속삭였다. "이안에게 뭐라고 했는지는 모르지만 당신한테 *고맙다고* 말하고 싶군요. 이안은 자신이 잠재력을 발휘하지 못하고 있다면서 그만뒀거든. 덕분에 그 사람을 해고해야 하는 수고를 덜었지 뭐예요. 사실 아주 똑똑한 사람은 아니었어요, 귀엽긴 했지만."

달시는 예상치 못했던 소식에 놀랐다. "흥미롭네요."

"당신은 어때요? 이제 이런 일에 질린 것 같은데."

"잘 봤어요." 달시가 한숨을 쉬며 말했다. "이번 일이 끝나면 아마 그만둘 것 같아요."

탄은 달시에게 가까이 기대어 아무에게도 들리지 않을 정도로 조용히 말했다. "난 다른 사람한테 어떻게 살라고 말하는 스타일은 아닌데, 우리 둘 다 알고 있잖아요. 그냥 떠나버리기엔 당신이란 존재가 에릭에게 너무 소중하다는 걸 말이죠. 알고 있잖아. 내 말을 믿어요. 세상은 갈수록 위험해지고 있고, 세상은 당신을 필요로 해요."

"접착제 같은 얘기는 꺼내지도 말아요."

"달시, 당신에겐 과학자로서 의무가 있어—"

"*난 과학자가 아닌데요.*"

"오, 허. 그랬군요. 내가 왜 그걸 모르고 있었는지 모르겠네. 어쨌든 지금 중요한 건 그게 아니에요. 당신은 관찰력이 뛰어나요.

지난 몇 년 동안 여러 기술들을 익혔을 거예요. 분명 자존심을 다스리고 제멋대로인 사람들 사이에서 까다로운 의사소통을 하는 법도 알고 있을 테고요. 그 지식들을 활용하고 새로운 방법으로 사용해봐요. 자기 스스로를 재발견하는 거죠. 이걸 남은 인생의 새로운 시작이라고 생각해요."

"지금 이 순간 만큼은요, *죽지 않는 데* 집중할래요."

셀빅은 반야가에게 조심스럽게 다가가 아무렇지도 않은 척하며 물어보려 했지만 금방 들통 나고 말았다. "너희 중 누가 이 구출 계획을 짠 거야? 도움이 필요할 거란 걸 어떻게 알았지?"

"나한테 신기가 있잖아." 반야가가 무표정한 얼굴로 대답했다. "자넨 자네 의도를 숨김없이 드러내는 유형이야, 에릭. 안젤리카와 아노키, 나는 이런 일이 곧 벌어지리란 걸 알았어. 우리가 비상연락망을 갖고 있었던 걸 다행으로 여겨야 해. 서로 연락을 주고받으면서 헬리콥터를 타고 자네를 구하러 온 거라고. 우린 이제 사이언스 어벤져스야. 어서 합류해서 유니폼은 어떤 걸로 할지 생각해."

사이언스 어벤져스. 셀빅은 보통 그런 단어를 들으면 불안해지곤 했다. 하지만 자신의 가장 친한 친구들과 함께하는 지금 이 순간만큼은 매력적으로 느껴졌다.

아노키는 중력 스파이크를 수선하고 있는 제인과 펠릭스 근처를 어슬렁거렸다.

"도와줄래요?" 펠릭스가 물었다. "아니면 그냥 저기 서서 내가 잘하는지 못하는지 감시할래요?"

"넌 너무 어려서 잘 못해. 난 내 생각보다 사람들과 함께 모여 있는 걸 그리워했던 것 같아. 혼자 자연 속에 있는 건 머리를 맑게 하는 데는 아주 좋은 방법이지만… 너무 지루해."

"어떤 기분인지 알겠어요." 제인이 위상 측정기의 주파수를 조정하면서 말했다. "친구들과 함께한다는 건 좋은 일이죠."

오슬로로 향하는 비행은 순조로웠고 튄스베르그에도 빠르게 도착했다. 아노키가 이동수단을 완벽히 준비해놓았기 때문이었다. 환영의 샘은 도심 외곽의 한적한 지역의 동굴 속에 있었는데 지역 주민들은 그곳을 피해야 한다는 것을 알고 있었다. 튄스베르그의 사람들은 예전에 이미 교훈을 배웠다. 제2차 세계대전 중에 테서랙트를 훔쳐 이곳에 침입했던 히드라의 도둑이 주민들에게 이해하지 못하는 힘을 갖고 장난치면 문제가 생길 수 있다는 것을 경험을 통해 알려주었던 것이다. 셀빅은 친구들을 이끌고 숲속을 걸어 한밤중에 동굴에 도착했다. 그들은 조심스럽게 지하로 내려갔다. 그곳에는 미동도 없는 작은 연못이 있었다. 인적이 드문 평범한 곳이라고 말할 수도 있는 모습이었다. 셀빅은 연못의 풍경에 매료되어 고요한 물을 깊이 들여다보았다.

"*정신 차려요.*" 아노키가 큰 소리로 호령했다. "밤새 우주 욕조 물이나 들여다보라고 이 먼 곳까지 달려온 게 아니라고요. 서둘러요. 우린 할 일이 있잖아요."

펠릭스가 크레센트를 조절했고, 제인은 중력 스파이크를 세팅했다. 펠릭스는 크레센트가 임무를 수행할 때 위치에서 벗어나 흔들리지 않도록 잘 고정되어 있는지 다시 확인했다. 제인은 위상 측정기를 공중에 띄우고 모든 방향으로 흔들며 측정했다. "어떤 움직임도 잡히지 않아요. 마치 죽어 있는 장소 같아요… 뭔가 이상해요."

"그 측정기는 꽤 오랫동안 창고에 있었는데, 어쩌면 연료가 부족한 게 아닐까?" 탄이 추측했다.

하지만 제인의 생각은 달랐다. "제대로 작동하고 있어요. 오는 길에 업그레이드했거든요. 어쩌면 이 동굴이 더 이상 우주와의 연결고리가 아닐지도 몰라요."

그들은 서로를 바라보다가 결국 셸빅에게로 시선이 향했다. 이제 무엇을 할지 아무도 몰랐다.

"실험을 시작해야지!" 반야가 소리쳤다. "뭣들 하는 거야? 정신들 차려!"

그들은 환영의 샘에서 꽤 떨어진 바위 기둥 뒤에 안전하게 자리를 잡았다. 드디어 진실을 밝힐 시간이 왔다. 셸빅은 스위치를 올리기 전에 마지막으로 주의를 주었다. "번개가 칠 수도 있어. 아무런 움직임이 없을 수도 있고. 우린 진실을 가리고 있던 장막을 찢어야 할지도 몰라. 주변을 잘 살펴야 해." 그가 일행에게 조심시켰다.

펠릭스는 누구보다도 움직일 준비가 되어 있었다. "*시작해요.*" 그는 이곳으로 오면서 제인이 만든 리모컨으로 스파이크에 전력을 공급하여 연못 위에 중력 우물을 만들었다. "이제 마지막 단계예요. 이건 엄마, 아빠를 위한 거예요." 그는 활성화 버튼을 눌러서 크레센트의 전원을 켰다. 그러자 크레센트가 밝은 흰색으로 빛나기 시작했다. 크레센트는 낮은 윙윙거리는 소리를 내며 점점 뜨거워졌고 곧바로 동굴의 공기가 진동하기 시작했다. 중력 스파이크는 제어할 수 없을 정도로 흔들려서 크레센트와의 결합이 풀어지려 하고 있었다.

"스위치를 꺼!" 셀빅이 소리쳤다.

펠릭스는 겁먹은 듯이 스위치를 내리고 제인은 결합이 얼마나 손상되었는지 살폈다. "스파이크가 너무 약해요."

"그냥 모든 걸 한 단계씩 내리면 돼." 달시가 말했다. "봤지? 나도 과학에 대해서 좀 안다니까."

"크레센트는 구조가 복잡해요." 제인이 말했다. "비시, 아무래도 리버스 엔지니어가 보는 게 좋을 거 같은데요."

반야가는 크레센트를 받아들고 반으로 갈라 안쪽을 살펴보았다. "엄청난 양의 에너지가 이 장치를 관통해서 흘러나가고 있어. 스파이크는 그 에너지를 효과적으로 처리하질 못해. 그래서 결합이 부서지려고 하는 거야. 출력을 흡수해야만 해."

펠릭스는 주머니를 뒤져 안젤리카의 벙커에서 훔쳐온 키모요 비즈를 꺼냈다. "이게 어느 정도는 효과가 있을 거예요." 그는 작지만 강력한 아이템을 내보이며 말했다. "적어도 저는 그럴 거라 *생각해요.*"

"야!" 탄이 소리쳤다.

펠릭스는 아주 부끄러워하며 말했다. "훔치려던 건 아니었어요, 정말이에요! 어쩌다 보니 일어난 일이에요. 그냥 제가 가지면 안 돼요?"

"잘못은 *나중에* 빌어라." 반야가가 크레센트를 가리키며 말했다.

펠릭스는 키모요 비즈를 조심스럽게 크레센트에 끼웠다. 그런 뒤 다시 스파이크에 부착했다. "이제 준비가 다 됐어요. 열은 관리가 가능한 수준으로 내려갈 거예요." 문제가 해결됐지만 펠릭스는 여전히 슬픈 표정을 짓고 있었다.

"기운 차려." 반야가가 어깨를 툭 쳤다. "네가 이 일을 성공시킬지도 몰라."

"네, 하지만…." 펠릭스는 마음속에 있는 진짜 생각을 표현하려고 애를 썼다. "제 인생에서 가질 수 있는 가장 멋진 걸 잃어버렸잖아요. 그러니까, 제가 언제 와칸다에서 온 물건을 가져보겠어요? *진짜* 메이드 인 와칸다요. 인생은 불공평해요."

"맞아, 불공평해. 끔찍할 수도 있어! 하지만 꼬마야, 네게는 미래가 있잖니." 반야가 말을 이었다. "이 임무가 끝나면 (빨리 끝났으면 좋겠어) 우리는 다 함께 대화를 나눌 거야. 저 비즈를 업그*레이드해주마, 됐지? 날 믿으렴."

"아저씨가 말하는 건 *제 키모요 비즈라고요.*" 탄이 끼어들어 이의를 제기했다. "*네가 훔친 장물이지.*"

"뒤로 물러나!" 셸빅이 소리쳤다. 그는 일행이 연못 가장자리에서 멀어지도록 뒤로 밀었고 그들은 다시 안전한 위치로 돌아갔다. 펠릭스가 크레센트와 중력 스파이크를 작동시키자 공기가 다시 흔들리기 시작했다. 강력한 바람이 급격히 불어와 동굴 속을 휘감고 먼지와 바위가 뒤섞여 날렸다. 전류가 환영의 샘을 관통하며 흘러 마치 반딧불이 반짝이는 것 같았다. 스파이크는 점점 심하게 흔들리고 있었다. 잠시 동안은 완전히 무너질 것만 같았다. 그때—

쾅!

우지직! 쿵!

갑자기 흔들림이 멈추었다. 전자기장을 내뿜는 기계음 같은 기이한 윙윙거림이 동굴 안을 가득 채웠다. 환영의 샘 위쪽의 천장에서 천천히 웜홀이 나타나더니 천장 전체를 수놓듯이 퍼지기 시작했다. 전형적인 아인슈타인-로젠 다리와는 다르게 이 게이

트웨이는 여행하기 위한 것이 아니었다. 이는 미지의 세계를 보는 창이었다. 은하계가 열리고 그 내부가 모습을 드러낸 것이었다. 화려한 별들이 칠흑처럼 어두운 하늘에서 고동치듯이 깜박이고 있었다. 새로운 존재가 탄생하는 순간이었다. 우주의 새벽이었다. 일행들은 이 혼란스러운 아름다움을 이해하려고 애를 썼다. 행성이 형체를 갖추었다가 폭발하여 우주의 먼지로 사라지자 여섯 개의 밝은 섬광이 각각 색을 지니고 나타났다. 빨간색, 파란색, 보라색, 녹색, 노란색 그리고 오렌지색이었다. 인피니티 스톤은 별들로 가득 찬 하늘에서 마치 크리스마스 전구처럼 반짝였다. 그리고 스톤의 이야기가 무성영화처럼 펼쳐졌다.

스페이스 스톤. 너무나 강력한 힘을 가진 스페이스 스톤은 그 힘을 억제하는 테서랙트가 만들어지고 스스로를 위해서 그 안에 정착할 때까지 이곳저곳을 튀어 다녔다. 빛나는 푸른 큐브는 수 세기에 걸쳐 그 주인이 바뀌었고 지구로까지 흘러 들어와 레드 스컬의 손아귀에 놓이게 되었다. 그리고 한때 로키가 손에 넣기도 했던 스페이스 스톤은 결국 보랏빛을 띤 미스터리한 타이탄의 소유가 되었다. 셀빅의 일행들은 그의 정체를 알지 못했지만 우주는 그를 아주 잘 알고 있었다. *타노스였다.* 곧바로 타노스의 모습이 사라지고 핏빛으로 붉게 빛나는 리얼리티 스톤이 나타났다. 에테르로 알려진 거대한 에너지를 지닌 리얼리티 스톤은 한때 말레키스와 다크 엘프가 소유하기도 했다. 에테르는 은

하게 건너까지 무시무시한 촉수를 뻗었다. 그의 숙주였던 포스터 박사는 잠깐이었지만 자신을 묘사한 이미지들이 등장하는 것을 보았다. 원하든 원치 않든 그녀는 이제 우주 역사의 한 부분이었다. 다음에는 흰머리의 괴짜가 목숨을 구걸하는 모습이 등장했다. 한때 리얼리티 스톤의 거만한 상속자였던 콜렉터가 자신의 귀중품을 타노스에게 빼앗긴 것이었다. 이로써 타노스는 우주 역사에 다시 등장했다. 셀빅은 머릿속에 그를 메모하고 절대 타노스의 얼굴을 잊지 않겠다고 맹세했다. 다시 동굴이 어두워지고 옅은 안개로 가득 찼다. 인피니티 건틀렛이 연기 구름 사이로 모습을 드러내어 무언가를 찾으려는 듯이 손을 뻗었지만 아무것도 찾지 못했다. 실망한 금빛 장갑이 손가락을 튕기자 수천 개의 세계에서 수많은 존재가 재로 변했다. 히어로들, 빌런들은 물론 미지의 세계에서 온 에일리언들까지 재가 되어 사라졌다. 친숙하고도 낯선 얼굴들이었다. 가슴이 찢어지는 슬프고 고통스러운 이미지들이 오래된 영화 스트립처럼 깜빡이면서 나타났다가 사라졌다. 그 장면들은 보고 있기가 너무나 힘들었다. 먼지가 되어버린 망자의 시신은 곧 소용돌이치며 회오리가 되어 점점 작아지다가 호박색 자갈로 변했다. 그리고 환영의 샘 위의 공기가 떨리며 동굴 벽이 따뜻한 오렌지색으로 빛났다. 모든 것을 아우르는 듯한 소울 스톤의 분위기가 사방으로 퍼져나갔다. 일행들은 지금까지 목격한 모든 광경에도 불구하고 편안함을 느졌다. 마치 결국에는 모든 것이 잘 해결될 것 같은 기분이었다.

그때 자갈을 밟으며 걸어오는 다급한 발소리가 동굴 입구에서부터 들려왔다. 분노한 이그나티우스 빅스비였다. "넌 이럴 자격이 없어!" 그는 두꺼운 강철 지팡이를 공중에 휘둘러 중력 스파이크를 계속해서 내리쳤다. 중력 스파이크는 너무 심하게 부서져 고치지도 못할 지경이었다. 포탈은 곧바로 자취를 감추었고 이미지들은 마치 나타났던 적도 없었다는 듯이 사라졌다. 인피니티 스톤의 스토리는 갑작스럽게 끝나버리고 다시는 돌아오지 않았다. 빅스비는 이를 확신했다. 그는 중력 스파이크에서 크레센트를 떼어냈다. "움직이지 마! 저리 가!" 그는 소리를 지르며 강철 지팡이를 사납게 휘둘러댔다. "난 당신들 모두를 내 만찬에 초대했는데 이게 그에 대한 보상인가?" 그는 숨이 차서 강아지처럼 헐떡였다. "난 이런 시시한 도둑질은 자네와 어울리지 않는다고 생각했는데 내가 예상했던 정확히 그대로 움직여줘서 기쁘네. 사실 여기까지 내려와야 할 줄은 몰랐지만 말이야. 그나저나 내가 뭘 알겠어? 난 그저 TV에 나오고 싶어 하는 머저리일 뿐인데, 안 그래?" 그는 크레센트를 잡고는 꼭 끌어안았다. "난 이 아이를 꽤나 빨리 만들었어. 잘 만들었다고 생각하지 않아? 에릭의 콘셉트와 나의 실행. 만나서는 안 될 인연이지." 빅스비는 마지막으로 한 번 더 중력 스파이크를 내리쳤다. "난 저 쓸모없는 물건 따위 필요 없어." 그는 크레센트 아래에 있는 칸을 열어 버튼들을 눌러댔다. 그러자 크레센트가 시동이 걸린 듯 붕붕거리기 시작했다. "안전장치야! 절대 실패하지 않아! 이건 생각 못 했겠지, 응? 이제 난 갈 거야."

"이그나티우스, 당신이 이해해야 할 것이 있어." 셸빅이 말했다. 걱정하고 염려하는 목소리였다. 그는 상황을 악화시키고 싶지 않았다. "환영의 샘은 너무나 압도적인 우주 에너지를 갖고 있어. 인간이 쉽게 발을 들일 수 있는 곳이 아니야." "나도 뭔지 알아, 에릭!" 빅스비가 고함을 질렀다. "네가 날 이곳으로 바로 이끌었잖아. 제트기가 있는 부자가 아노키뿐만은 아니라고." 크레센트가 점점 큰 소리를 내기 시작했다. "난 보호장치를 만들어놨어. 넌 아무것도 모를 거야." 그는 셸빅을 향해 윙크했다. "자, 그럼 나중에 보자고, 멍청이들아!" 빅스비는 전기망을 분출하는 환영의 샘에 뛰어들었다. 귀청이 터질 것 같은 천둥소리가 동굴 속에 울려 퍼졌다. 빅스비의 몸이 연못으로 빨려 들어가 열기와 빛의 폭풍 속에 휩싸였다. 그의 눈은 부풀어 오르고 몸은 흔들렸다. 가공되지 않은 우주 에너지가 그의 몸속을 관통했고 동굴 벽으로 그의 몸을 패대기쳤다. 무자비한 환영의 샘은 크레센트를 완전히 삼켜버린 후에야 잠잠한 상태로 돌아갔다. 한때 펄펄 끓던 액체가 다시 고요해진 것이다. 일행들은 미동도 없이 땅에 누워 있는 빅스비를 둘러쌌다.

"난 안 만질 거예요." 펠릭스가 말했다.

제인이 무릎을 꿇고 빅스비의 맥박을 확인했다. "살아 있어요. 생체신호는 놀랍게도 정상이군요. 그래도 의사에게 데려가야 해요."

"음, 여러분한테 질문이 하나 있는데요." 달시가 주저하며 말을 꺼냈다. "우리 방금 우주 안개 뭐 그런 거 속에서 말도 안 되는 이상한 것들을 많이 봤잖아요. 그런데 *나무 인간이랑 총을 들고 다니는 너구리*도 나왔어요?"

"응." 일행들이 한 목소리로 말했다.

"좋아요, 좋아. 확인해본 거예요."

셀빅은 물가에 서서 그가 방금 목격한 모든 것들을 이해하려고 노력하고 있었다. 비록 빅스비가 갑작스럽게 나타나 모든 것이 예상치 못하게 엉망이 되긴 했지만 그 전에는 놀라운 일들이 펼쳐지고 있었다. 이론을 세우고 질문하고 끝없이 궁금해했던 그 모든 시간들이 지나고 에릭 셀빅은 마침내 *해답*을 얻었다. 그 답들은 아름답고 혼란스러우면서 미완성이었다. 그것들을 한데 모으기까지는 시간이 걸릴 것이다. 새로운 자원이 필요했다. 검토하고 질문하는 과정에서 여러 아이디어들이 충돌할 것이다. 그렇게 인피니티 스톤을 완벽하게 조사해야 했다. 셀빅은 기운이 나는 것 같았다. 새로운 미스터리가 모습을 갖추었고 진실을 탐구할 준비가 되었다. 그는 동굴을 둘러보고 편안함을 느꼈다. 친구들이 함께 있었다. 그의 여러 결점에도 개의치 않고 옆에 있어주는 친구들이었다. 그는 마음속으로 다시는 친구들의 존재를 당연하게 생각하지 않겠다고 맹세했다.

"이제 다 끝났나요?" 아노키가 팔짱을 끼며 물었다. "눈치 없게 굴려는 건 아닌데, 제트기에 연료를 채우고 곧바로 이륙하도록 시동을 걸어놓는 건 돈이 많이 들거든요."

"구두쇠네." 반야가 중얼거렸다.

"아, 잠깐만요!" 달시가 외쳤다. 그녀는 달러 홀러에서 산 시험관 열쇠고리들을 꺼내어 일행들에게 하나씩 나눠주었다. "일을 잘 끝낸 기념이에요."

"*모든 것에 질문을 던져라. 무언가를 배워라. 아무것도 대답하지 마라.*" 탄이 말했다. 그녀는 셀빅의 어깨에 팔을 두르고 움켜쥐었다. "에우리피데스가 한 말이에요. 내가 아니라."

펠릭스는 셀빅의 어깨를 두드렸다. "무슨 생각을 하세요, 박사님?"

셀빅이 미소를 지었다. "미래."

에필로그

한 달 후

셸빅은 거대하고 녹슨 금속 돔 밖에서 십오 분 동안 서서 기다리고 있었다. 푸엔테 안티구오 외곽에 있는 이 돔은 한때 군사 시설이었다가 몇 년 동안이나 버려져 있던 건물이었는데 안젤리카 탄이 방치된 채로 있던 이 시설을 싼 가격에 낚아챈 것이다. 셸빅은 건물 주위를 돌면서 아직도 나타나지 않는 점심 식사 상대가 오기를 기다렸다. 한낮의 열기 때문에 평소보다 땀이 나기 시작했지만 놀랍게도 불편하거나 짜증스럽지가 않았다.

환영의 샘에서의 사건을 겪고 인피니티 스톤에 대해서 알게 된 이후, 셸빅은 한 걸음 물러서서 자신의 인생과 일을 되돌아보기로 했다. 인류 최대의 미스터리를 풀기 위해서는 엄청난 집중력이 필요했다. 이제 셸빅은 세상을 명확히 보고 날카로운 정신을 유지할 수 있도록 적절한 조치를 취하고 있었다. 푸엔테 안티구오로 돌아올 줄은 몰랐지만 셸빅은 예상치 못한 일을 예상하는 방법도 배웠다.

"요오오오오오!" 셸빅의 머리 위에서 목소리가 들려왔다. "박사님, 어쩐 일이세요?"

셸빅이 고개를 들자 직접 만든 중력 부츠를 신고 하늘 위에 떠 있는 펠릭스가 보였다.

"제 작품이 어때요?" 펠릭스가 말했다.

"비시가 자기 장비랑 이것저것을 사용해서 뭔가를 만들려고 네가 이곳에 왔다는 말을 해주더구나."

펠릭스가 눈을 치켜떴다. "너무 과소평가해서 표현하시는 거 같은데요." 그는 부츠를 조정하고 전원을 내려 땅의 포장도로에 내려왔다. "전 제 '스카이워커'를 여기 온 첫날에 만들었어요. 이륙할 때는 약간 삐걱거리긴 하지만 고치는 중이에요. 반야가 박사님의 쓰레기장에서는 할 수 있는 게 정말 많아요." 펠릭스는 이렇게 말하면서 조심스럽게 뒤를 잠시 돌아봤다. "쓰레기장이라고 부르면 안 되는데, 어쨌든요. 다음번에는 완전히 말도 안 되는 걸 디자인하고 싶어요. 인공지능 코뿔소 갑옷 같은 거요. 이곳은 오래돼서 때로 엄청 지루하긴 하지만 사용할 수 있는 장비나 도구, 재료가 많다는 건 분명 엄청난 장점이에요."

"네가 새로운 환경에서 활기차게 잘 적응하고 있다니 다행이구나."

"빅스비는 어떻게 된 거예요? 인터넷으로 빅스비가 '밝혀지지 않은 우주의 비밀을 탐험하던 중에 머리를 다쳤다'라는 이야기를 봤어요. 이제 멍청한 팬들이 그를 영웅이라고 생각해요. 모니터에다가 토할 뻔했다니까요."

"이그나티우스는 그때 혼수상태에 빠지긴 했지만 믿을 만한 의료진들에게 치료를 잘 받고 있어. 아마 완전히 나을 거야."

"안 나아도 되는데—"

"인간은 이기적일 수 있어. 잔인하고 폭력적일 수도 있지. 또다시 좋은 사람이 될 수도 있어. 난 이그나티우스가 깨어났을 때 후자를 선택하기를 진심으로 바라. 시간이 흐르면 알게 되겠지."

"큰 기대는 하지 마세요. 그 사람은 쓰레기라고요."

저 멀리서 반짝이는 은색 스포츠카가 빠른 속도로 질주하며 다가왔다. 차의 뒤로는 모래가 소용돌이치면서 먼지 구름이 생겼다.

"여기는 훔친 차를 몰고 갑자기 나타나서 질주하는 사람들이 많아요." 펠릭스가 말했다. "멍청한 *녀석들.*"

셀빅은 끽 소리를 내며 멈추는 차를 보고 키득거리며 웃었다. 차 문이 열리자 고상한 검은색 드레스에 캐주얼한 짧은 윗옷을 걸친 달시가 내렸다. 새로 나온 디자이너 선글라스를 쓰고는 환한 미소를 짓고 있었다.

"늦었잖아." 셀빅이 투덜거렸다.

"드라마틱하게 등장하게 내버려두세요, 영감님." 달시가 말했다. "나한테 빚진 거 있잖아요."

펠릭스는 놀란 표정으로 번쩍이는 차 주위를 돌면서 자세히 살폈다. "*차* 멋지네요! 백만 년이 걸려도 누나가 이 차를 살 수 있는 방법은 없을 텐데요."

"빌린 거야. 박사님이 아직 나한테 차를 안 사줬거든."

"아, 그렇지." 셀빅이 말했다. "계속 잊어버리네."

펠릭스가 달시를 의심스러운 눈초리로 바라보았다. "*법정에 가는 거예요, 아님 교회로 가는 거예요?*"

"*아아아. 이 오래된 옷?*" 달시가 장난스럽게 치마를 잡고 빙글

돌며 말했다.

"어느 쪽이에요? 법정에 출석하는 거라면 선고받는 모습 보러 가도 돼요? 감옥으로 면회만 오게 해주면 조용히 보고만 있을게요. 교회 가는 거면 그냥 가시고요."

"널 그리워할 *뻔했는데*, 펠릭스." 달시가 대답했다. "아쉽게도 점심은 같이 못할 것 같아. 하고 있는 일이 갑자기 터져서 다시 공항으로 돌아가야 해."

"*하지만 방금 왔잖아요.*" 펠릭스가 볼멘소리를 했다. "내 작업실도 못 보여줬는데."

"진정해. 나도 십 대 소년의 침실이 어떤지는 알아." 달시가 말했다. "분명 *네* 방도 꽤나 구역질이 나겠지."

"달시는 우리 그룹에서 더 중대한 역할을 맡았어." 셀빅이 말했다. "자신의 기술을 최대한 활용할 수 있는 일이지."

"그리고 내 자유 시간을 모두 빼앗기는 일이기도 하지. 생각해 봐. 하지만 그게 불만이라면 거짓말일 거야. 내 새로운 업무는 과학에 기반을 둔 신규 부서의 수장이야. 중요한 연구 프로젝트에 자금을 지원해 달라고 세련되게 말하는 방법이지. 그뿐만 아니라 도움이 필요한 학교와 지역사회를 위한 과학 기반 프로그램을 설계하고 있어. 지금은 워싱턴으로 가서 해리슨 의원을 만나야 해. 이런 프로그램을 실제로 만들게 도와달라고 해야 하거든."

"*사원에서 사장까지.*" 펠릭스가 말했다. "멋져요."

"드디어 내 전공을 제대로 살릴 기회가 온 거지. 안타까운 소식은 해리슨 의원의 후원자 대부분이 과학을 거부하는 사람들이라는 거야. 우리가 하는 일을 존중하는 부류의 의원은 아니지. 불행히도 누가 예산을 받을지를 결정하는 위원회의 회장이기도 해. 그래서 그를 만날 수밖에 없어. 일단 할 수 있는 최선을 다해보고 행운을 빌어야지."

"해리슨 의원은 멍청이죠." 펠릭스가 성난 말투로 말했다. "지구가 평평하다고 생각한다니까요!"

"걱정하지 마. 난 소위 말하는 *반박 보고서*를 한 꾸러미 가지고 가거든. 날 힘들게 하면 그저 공손하게 내가 갖고 있는 사진들을 보여줄 거야. 빨간 머리 여성과 해변에서 뒹구는 사진이지. 부인도 아닌데 말이야. 그 사진으로 해리슨 의원의 마음을 바꿀 수 있었으면 좋겠어."

"달시, 협박은 하지 않겠다고 동의했잖아." 셀빅이 경고했다. "우리 장점으로 승부하기로 합의했을 텐데."

"진정해요, 박사님. 또한 과학적인 연구를 포용하는 것의 장점에 대한 자료도 많이 가져가니까요. 과학은 슈퍼 히어로에 열광하거나 새로운 기술에 대한 것만은 아니니까요. 과학은 사람들이 실제적인 문제를 해결하는 능력을 키워주고 정보에 입각한 결정을 내리게 도와주죠. 만일 해리슨 의원이 거절한다면 그는 *실질적으로* 미래를 거절하는 것과 같은걸요. 정말로 그런 결정을 내린다면 음, 의원이 앞으로 평생 후회하게 만들 거예요. 믿어도 좋아요."

"우-우-우, 달시 누나는 자기 손을 더럽히는 걸 좋아하나 봐요." 펠릭스가 말했다. "감동인데요."

"그리고 난 *프로야.*" 달시가 말했다. "이제 떠나야 할 시간이 된 프로."

그때 돔의 천장에 있는 뚜껑이 열리고 반야가의 머리가 튀어나왔다. "에릭, 내 학생을 산만하게 만들려고 온 건 아니겠지. 펠릭스는 할 일이 있는데."

"아, 맞아요. 전 아직 점심도 못 먹었어요." 펠릭스가 인정했다. "실험도 덜 했고 일할 시간도 필요해요. 반야가 박사님은 제가 프로젝트 기한을 또 어기면 가만 안 두실 거예요."

"펠릭스…." 셸빅이 말을 꺼냈다.

"알아요, 저도 안다고요."

"우린 이미 여기에 대해 얘기했잖니…."

"박사님…."

"네가 와칸다 아웃리치 센터에 참여하려 한다면…."

"전 제 연구를 해야 한다고요!" 펠릭스가 소리쳤다. "알았어요! 고마워요! 전에도 들었잖아요! 제발 저 좀 내버려두실래요?" 펠릭스는 갑자기 울컥한 것이 부끄러웠는지 다시 마음을 가다듬었다. "죄송해요. 더워서 감정을 주체하지 못한 것 같아요."

"음… 네가 게으른 것도 *더위* 탓이지." 반야가는 고개를 흔들며 말했다. "우린 모두 녹아내리고 있어, 꼬마야. 네 일을 처리하렴."

"연구는 어떻게 되어가나, 비시?" 셸빅이 물었다. "새로운 숙소는 마음에 들어?"

반야가는 웃음을 터뜨렸다. "자네가 그런 질문을 하다니, 많이 뻔뻔해졌네? 에릭 셀빅. 아주 많이 뻔뻔해졌어."

"아직 짐도 덜 풀었어요. 아 그리고 여기 화장실이 불편해요." 펠릭스가 속삭였다. "아직 고장 난 곳도 못 고쳤어요."

"*다 들려!*" 비시가 소리쳤다. "화장실은 문제가 없어. 내가 업그레이드를 마치고 나면 천상의 위생적 경험을 하게 해주지. 정말이야."

"자네가 가진 자원이면 조만간 더 좋아지겠지, 친구." 셀빅이 확신했다. "우리의 원대한 계획이 형체를 갖추고 있어. 느긋하게 기다려."

"똑딱똑딱, 에릭." 반야가가 말했다. "똑. *딱.*" 그는 해치를 닫고 아래로 내려갔다.

"음, 그럼 아무래도 맛있는 치즈버거는 나 혼자 먹어야 할 것 같은데." 셀빅이 어깨를 으쓱했다.

"박사님의 *원대한 계획*이 뭐예요? 사이언스 어벤져스도 다 알고 있어요?" 펠릭스가 물었다. 펠릭스는 셀빅을 놀리려고 일부러 그 이름을 얘기했다.

"우리가 함께 모인 것을 설명할 때는 그 별명을 쓰지 않는 것이 좋을 것 같아." 셀빅은 그 질문을 피하면서 말했다.

"아노키가 안부 전해달래. 아노키는 학위를 따려고 다시 학교로 돌아갔어." 달시가 대답했다. "또 엄청난 거금을 기꺼이 기부했어. 우리가 새로 지으려는—"

"그런 자세한 얘기를 할 필요는 없어, 달시." 셀빅이 그녀의 말을 끊었다. "포스터 박사도 여기 오고 싶었지만 일 때문에 못 와서 아쉽다고 전해 달랬어."

"일이 먼저죠, 알아요." 펠릭스는 나지막한 목소리로 말했다. "전 계속 인피니티 스톤에 대해서 생각했어요. 패턴과 가능성에 대해서요. 이 모든 것을 완전히 밝힐 수 있을지도 모를 새로운 이론을 만들었어요. 포스터 박사님께 제가 이메일을 보내겠다고 해주세요. 박사님한테도 보내드릴까요?"

"영광이지."

"그런데, 진지하게 하는 질문인데요, 박사님. 이 돔은 대체 뭐예요? 말씀 좀 해주세요." 펠릭스가 셀빅을 졸랐다. "이제 저도 팀의 일원이니까 저한테도 뭔가 알려주셔야죠. 그 정도 자격은 있잖아요. 전 사실 우리 미션이 끝나고 박사님이 한동안은 쉬실 거라고 생각했어요. 하지만 뭔가 다른 걸 계획하고 계신다는 거 알아요. *그게 뭐죠?*"

셀빅이 미소를 지었다. "난 확장을 하고 있단다, 펠릭스. 그 어느 때보다도 지금 필요한 것이지. 갓 태어났을 때의 우주처럼, 우리의 연구도 계속해서 발전해나가야 해. 포기해서는 안 돼. 특히나 해결해야 할 미스터리가 넘쳐나고 싸워야 할 전투가 너무 많을 때는 말이야. 우리에게 불리한 싸움일 수도 있어. 하지만 그래서 우리는 연구에 영감을 주고 스스로를 계속해서 되돌아볼 수 있게 해주는 사람들과 함께 해야 해. 난 그걸 한동안 잊고 있었어." 그는 하늘을 바라보며 숨을 깊고 길게 들이쉬었다. "끝은 절대 진정한 끝이 아니야, 그렇지? 언제나 더 해야 할 일이 있기 마련이지."

작가의 말

〈인피니티 스톤의 비밀 시리즈〉를 집필하는 것은 엄청나게 즐거운 일이었습니다(스트레스를 받기도 하지만!). 이 책을 무사히 마칠 수 있도록 도와준 메리-케이트 고뎃에게 감사를 전합니다. 편집자인 메리-케이트는 나에게 더 많은 것을 요구하기도 했지만, 창의력을 중요하게 생각하면서 언제나 나를 지지해주고 격려해주었습니다. 그보다 더 바랄 것이 있을까? 이 책을 쓰면서 가장 좋았던 것은 나를 웃게 해준 그녀의 메시지였습니다. 루스 부스는 그냥 보기만 해도 무한한 긍정적 에너지를 얻을 수 있었어요. 르건 윈터? 르건은 그 분야의 최고봉이에요. MCU의 비밀 병기 윌 코로나 필그림은 자신의 분야에서 완벽하게 능력을 발휘했습니다. 윌의 지도와 지식은 더없이 큰 힘이 되었어요. 《인피니티 스톤의 비밀 02》에는 과학적 지식이 많이 등장합니다. 그래서 에이미 브라운과 사이언스 & 엔터테인먼트 익스체인지와 함께하게 되었죠. 이들은 우리 모두가 반드시 알아야 할 멋진 단체입니다. 공식적으로 과학적 조언을 준 제임스 카칼리오스, 누레딘

아샤마키 그리고 프랭크 마카벤타에게 감사를 표합니다. 여전히 이해하려고 노력 중이긴 하지만요. 리틀 브라운의 스테파니 호프먼, 산드라 코헨과 시에나 콘솔, 아만다 마르케즈, 마블 출판사의 엘라나 코헨, 마블 스튜디오의 엘리나 카메두스트와 대니얼 곤잘레스 그리고 디즈니 출판사의 매리-앤 지시모스와 신디 말로프에게도 감사의 뜻을 전하고 싶습니다. 트래비스 크래머, 당신의 인내심은 가히 전설적이었어요.

테리 스나이더와 진 스나이더, 저를 낳아주셔서 감사합니다.

제프 골드블럼 씨, 연락 좀 하고 지내면 안 될까요, 제발요.